und dem Campo de' Fiori in Ihrem Gedächtnis tragen?« Ich nickte abermals. »Nun, Sie werden überrascht sein, wie wandelbar die Bedürfnisse der Menschen sind und wohin es unseren Helden diesmal verschlagen hat.«

8. Schweinische Leckereien

»Ich fühle, dass sie mich versteht, dass sie es gut mit mir meint. Sie mag mich und ich mag sie, und das genügt mir.«

Die Rotte

Die kleine, versteckte Lichtung lag tief im Wald und wurde ringsum von knorrigen Bäumen gesäumt, deren dichte Kronen sich in den blauen Himmel reckten und kühlen Schatten spendeten. Sattgrüne Moospolster inmitten üppiger Gräser, die Luft erfüllt vom Summen der Insekten – hier ließ sich ein schwülwarmer Sommertag gut aushalten. Perle Merle hatte sich ein ruhiges, idyllisches Fleckchen ausgemalt, um sich ein wenig vom Trubel der Stadt zu erholen und mit dieser lauschigen Waldlichtung hatte sich sein Wunsch erfüllt. Und so lag Perle Merle im dichten Gras und schaute geruhsam Löcher in den blauen Himmel. Hätte er sich aufmerksam umgeschaut, so wären ihm die Blumen aufgefallen, deren Blüten in üppigen Farben leuchteten und deren zart-süßlicher Duft mit der würzigen Waldluft eine betörende Melange bildete. Sicherlich hätte er auch die kleine braungesprenkelte Eidechse bemerkt, die sich reglos auf einem flachen Stein erwärmte und blitzartig in Richtung eines moosigen Feuchtgebietes verschwand, als der Waldboden kaum merklich zu Beben begann. Unversehens war es mit der Ruhe vorbei. Aus der Ferne war wildes Gegrunze und Gequieke zu hören, das rasch näherkam und nun auch die Aufmerksamkeit von Perle Merle auf sich zog. ›Das müssten Wildschweine sein‹, kombinierte Perle Merle nicht gerade erfreut und er sollte Recht behalten. Eine Rotte Wildschweine bahnte sich ihren Weg direkt auf die Waldlichtung zu, um sich dort in dem breiigen Morast der Feuchtstelle zu suhlen. Perle Merle richtete sich auf. Dem überwiegend hohen Quieken nach zu urteilen, bestand die Rotte mehrheitlich aus Frischlingen. Führen Wildschweine Nachwuchs mit sich, können die Bachen recht ungemütlich werden. Drei Optionen schossen Perle Merle durch den Kopf: Die Rotte einfach per Wunsch sonst wohin verfrachten. Sich selbst von diesem Ort wegwünschen. Oder mit den Schwarzkitteln in Kontakt treten. Letzteres schien Perle Merle eine spannende Option zu sein. Schweinisch zu sprechen, war jedoch die Voraussetzung dafür. Nur einen imaginären Wunsch später gab Perle Merle einen verbindlichen Testgrunzer von sich, der sowas wie »Hallo« heißen sollte. »Quiek, quiek, quiek«, tönte die Leitbache aufgeregt, was in Perle Merles Kopf simultan in »Stopp, stopp, stopp!« übersetzt wurde. Umgehend hielt die ganze Rotte an und blieb wie angewurzelt stehen. Perle Merle wusste, Wildschweine konnten sehr gut hören und riechen, aber nur schlecht sehen. »Achtung, ich rieche einen Menschen«, quiekte die Anführerin und starrte angestrengt mit ihren kleinen, schräg nach vorn gerichteten Augen in Richtung des vermeintlichen Störenfriedes. Sie schnüffelte und guckte, schien aber nichts Verdächtiges zu sehen. Kein Wunder, Perle Merle hockte gut getarnt im hohen Gras. Jetzt nur keine falsche Bewegung. Perle Merle hob vorsichtig seinen Kopf und grunzte so freundlich wie möglich: »Hallihallo, ich grüße euch herzlich, liebe Rotte. Könntet ihr mir bitte sagen, wo ich mich befinde?«

»Quiiiiiieeeeeeek ...!«, entfuhr es der Leitbache überrascht. »Bitte, ich bin ein einsames Wildschwein, das seine Rotte verloren hat und sich in dieser Gegend nicht auskennt«, setzte Perle Merle nach. »Du bist ein Mensch, auch wenn du wie ein Wildschwein grunzt – was ich mir wahrlich nicht erklären kann. Nichtsdestotrotz sind Menschen für uns Wildschweine gefährlich.« Augenblicklich richtete die Leitbache ihr Schwänzchen steil nach oben aus, schnaubte und klapperte mit den Zähnen. Eine unmissverständliche Drohgebärde, wenn Gefahr drohte. Es wurde brenzlig. Doch so schnell wollte Perle Merle sein spannendes Experiment nicht aufgeben und so wünschte er sich rasch eine grandiose Idee, mit der sich die Leitbache besänftigen ließ. Zack! - da war sie schon. »Ich kenne eine Stelle, da wachsen die herrlichsten Trüffel, auch Pilze. Zudem gibt es eine Menge leckere Bucheckern und Eicheln.« Perle Merle sah, dass seine Einge-

PERLE MERLE

Von Peter Berliner

PERLE MERLE

Von Peter Berliner

www.peterberliner.de
www.peterberliner.de/publikationen-lesen-hoeren

ISBN: 978-3-938354-22-3
EAN 9783938354223
Covergestaltung : studio.mar -Maresa Mayr
Coverbild / Illustration: Peter Berliner
Lektorat: Martina Suhr
Layout/Satz: Ronny Altendorf
Verlag: CICCO
Akeleistr. 22, 83646 Bad Tölz

Inhalt

Stark wie nie zuvor

Was ist mit mir los?
Zum Leben keine Zeit
Ruhelos und Müdigkeit
Immer auf der Jagd
Weit von mir selbst – von mir selbst

Dann ist's plötzlich still
Ausgebrannt und ich will
Ganz woanders sein
Und wie ein neuer Mensch, neuer Mensch

Und dann so stark wie nie zuvor
Und dann so stark wie nie zuvor – wie nie zuvor

Im Kopf ein Orkan
Ich fühl mich leer und schwer
Und möchte überhaupt nichts mehr
Nur alleine sein
Mich suchen und verstehn - und verstehn

Ich weiß genau
Es liegt oft nur an mir
Zu sagen einfach: jetzt und hier!
Zu finden zu mir selbst, zu mir selbst

Und dann so stark wie nie zuvor
Und dann so stark wie nie zuvor – wie nie zuvor

1. Absage

Mir fallen Absagen nicht leicht. Wer damit kein Problem hat, der soll mir bitteschön sagen, wie er das ohne ein ungutes Gefühl macht. Manche Menschen sollen Absagen ja regelrecht genießen. Zu denen gehöre ich jedenfalls nicht. Ich versetze mich stets in die Lage meines Gegenübers, sehe das enttäuschte Gesicht und spüre seine Traurigkeit. Ja, das wird es wohl sein, ich möchte niemandem mit meiner Absage den Tag verderben. Eine Absage ist gleichbedeutend mit Ablehnung. Und die schmerzt! Mir geht es nicht anders. Erhalte ich eine Absage, ist der Tag, ja, die ganze Woche ein einziges Jammertal. Andererseits kann man auch nicht zu allem Ja und Amen sagen. Damit ist keinem geholfen. Am allerwenigsten einem selbst. Aber nun gut, genug lamentiert. Wat mutt, dat mutt, wie meine Oma immer zu sagen pflegte. Und diese Absage mutt. Das Dilemma daran, mir fehlen die richtigen Worte, um meine Entscheidung dem Empfänger plausibel zu erklären. Zumindest so, dass er diese nicht als persönliche Kränkung empfindet. Aus diesem Grund gebe ich mir alle Mühe. Schreibe dieses, mal jenes. Ergänze hier, streiche dort ... Nichts überzeugt mich. Wie ich es auch drehe und wende, es behält den gestelzten Charme einer schnöden Absage. Verzwickt! Wie sollte es auch anders sein, denn hinter meiner Absage steckt eine verzwickte Geschichte. Eine gar unglaubliche Geschichte. Genau genommen sind es sogar zwei Geschichten. In der ersten erkenne ich mich als ziellosen Hans Guck-in-die-Luft, der vor sich hin träumte, ohne auch nur im Entferntesten daran zu denken, einen seiner Wünsche in die Tat umzusetzen. Was natürlich eine latente Unzufriedenheit mit sich und der Welt provozierte. So habe ich mich selbst natürlich nicht wahrgenommen. Ich hätte mich vielmehr als bescheidenen, pflichtbewussten, korrekten Zeitgenossen beschrieben, der Wagnissen und Gefahren, überhaupt allem, was nicht zu kontrollieren oder einzuschätzen ist, konsequent aus dem Weg geht. Ein Irrtum, denn was mich jetzt umtreibt, ist so ziemlich das Gegenteil davon. Um diese Wandlung besser zu verstehen, braucht es die zweite Geschichte. Die wiederum wäre nicht ohne mein Hans-Guck-in-die-Luft-Wesen passiert. Verzwickt, nicht wahr?! Doch wäre ich in der ersten Geschichte die Person gewesen, die ich dachte zu sein, hätte ich mich wohl kaum neben den alten Mann auf die Parkbank gesetzt und auf ein Gespräch eingelassen. Diese Mixtur aus Zufall, Wagnis und Arglosigkeit sorgt auf den ersten Blick für Verwirrung. Richtig ist, dass es sich um eine Abfolge ungewöhnlicher, mehrdeutiger Ereignisse handelt. Und die erschließen sich am ehesten, wenn ich sie vom Anfang bis zum Ende erzähle.

Ach übrigens - ich heiße Claudius Wachsbrenner, 38 Jahre alt, ledig, von Beruf Controller bei einem mittelständischem Unternehmen. Katzenfreund. Ich mag keine kalten Füße und fahre gern mit dem Zug. Zugegeben, das klingt jetzt nicht nach großer Lyrik, dennoch lasse ich das zum Allgemeinverständnis so stehen.

Nun, ich glaube, alles fing mit meiner zunehmenden Schlaflosigkeit an. Hieß, mehrmals in der Nacht aufwachen, grübelnd versuchen, wieder Schlaf zu finden. Am Morgen dann nur mit großer Mühe aus dem Bett zu kommen, um sich im Anschluß lust- und freudlos durch den Tag zu schleppen, weckte wahrlich keine Begeisterung. Die Welt erschien mir als ein kalter, trostloser Ort. Zudem scheute ich mich vor sozialen Kontakten. Nur nichts sehen, nichts hören. Am liebsten hätte ich mich dauerhaft unter der Decke vergraben. Ferner befiel mich eine diffuse Sehnsucht, die sich weder erklären noch verdrängen ließ. Kurzum, ich kam zu der zwingenden Einsicht, dass sich etwas ändern musste. Aber was? Wie und wo beginnen? Wenn man diesbezüglich im Dunkeln tappte, war jede Mühe, vergebliche Mühe.

Aus einer dumpfen Laune heraus bewarb ich mich eines Tages halbherzig auf eine Stellenanzeige. Zu meiner Überraschung wurde ich kurz darauf zu einem Vorstellungsgespräch eingeladen. Die Agenda las sich vielversprechend. Die Türen schienen weit geöffnet. Nur, was für andere ein Grund zum Jubeln ist, war für mich eine freudlose Gasse. Ja, ich wollte Veränderung, aber gleichzeitig auch nicht. Ähnlich einem Paar ausgelatschter Schuhe. Schiefhackig schaden sie den Füßen und trotzdem hängt man an ihnen, trägt sie aus Bequemlichkeit weiter. Und so fügte ich mich als pflichtbewusster Mensch meinem Schicksal und bestätigte den Terminvorschlag, reservierte eine Fahrkarte 2. Klasse und buchte das Hotelzimmer. Acht Tage später saß ich im Zug. Auf dem Weg zum Bewerbungsgespräch, in eine anderen Stadt. Damit beginnt meine erste Geschichte.

Erste Geschichte

2. Die Begegnung

»Ersparen Sie sich weitere Enttäuschungen in Ihrem Leben. Sie wissen ja gar nicht, was Sie entdecken möchten und erst recht nicht, was Ihnen Erfüllung bringt.«

Die Agentur

Die Stadt empfing mich, wie Städte Fremde empfangen: vieldeutig, reserviert, mit sich beschäftigt. Feiner Nieselregen fiel in unregelmäßigen Abständen, als könne der Himmel sich nicht entscheiden, welches Maß an Wasser er heute entbehren mochte. Jeder hatte es eilig, dem desolaten Wetter zu entkommen. Vom Bahnhof bis zur Agentur war es noch ein gutes Stück, allerdings hatte ich keine Lust auf ein Fahrplanstudium der hiesigen Verkehrsmittel. Doch der Taxistand war gut gefüllt und kam meiner Passivität entgegen. Beim Einsteigen murmelte ich abwesend: »Künstler & Eventagentur - ARTIST TO GO, Sonnenallee 14b.« Dann ging es gefühlt kreuz und quer durch die Stadt. Mit jeder Minute, die verstrich, hatte ich weniger Lust, dort anzukommen. Während ich mit mir haderte, schnurrte der Motor sein gleichförmiges Lied. Häuser und Menschen glitten schemenhaft vorbei. Die heimelige Wohnzimmeratmosphäre im Fahrzeuginneren säuselte mich ein. Meinetwegen könnte die Fahrt durch das nieselige Grau noch einige Zeit dauern. Inmitten meiner Träumereien hielt das Taxi jedoch. Zweifellos, wir hatten das Ziel erreicht. Und dem Fahrpreis nach zu urteilen, waren wir nicht einmal allzuweit gefahren.

Bis zu meinem Termin verblieb noch eine Viertelstunde. Genug Zeit, um im Hotel meine Buchung zu prüfen. Die Rezeption nahm meinen Anruf freundlich entgegen und bestätigte, das gewünschtes Zimmer sei für diese Nacht reserviert. Schön. Wenn ich schon in dieser, mir fremden Stadt weilte, so wollte ich sie auch erkunden. Morgen, zum späten Nachmittag hin, würde ich dann wieder den Zug zurück nehmen.

Paternoster fahren macht Spaß. Im Haus, in dem die Agentur »Künstler & Eventagentur - ARTIST TO GO« ihre Büros hat, ist ein solcher noch in Betrieb. Man kann diesen auf gleicher Bodenebene betreten, man kann aber auch ein, oder zwei Sekunden warten und dann im letzen Moment aufspringen. Das hat was. Jedenfalls für mich. Im dritten Stock sprang ich nach umgedrehtem Muster wieder heraus. Gerade noch rechtzeitig, andernfalls hätte es eine Ehrenrunde im Paternoster nach sich gezogen. Ich ertappte mich bei dem Gedanken, dass ich lieber eine weitere Runde drehen wollte, als diesen Termin wahrzunehmen. Doch es half nichts. Ich wurde erwartet. Zaghaftes Anklopfen, auf das ein energisches »Ja!« folgte. Und so betrat ich kurz nach elf Uhr, nicht sonderlich motiviert den Raum. Der Personalchef kam mir mit überschwänglicher Begrüßungsgeste entgegen und nach dem üblichen Small Talk vernahm ich nun mündlich, was ich bereits in der Jobbeschreibung gelesen hatte. »Also, Herr Wachsbrenner, der Aufgabenbereich umfasst:

Kostenplanung, Budgetierung, Monitoring, Kontrolle, Planung und Steuerung der Unternehmungsleistung Analyse der Unternehmenszahlen Beratung der Geschäftsführung ...«

Ich betrachtete ihn mit wachen Augen und lächelte interessiert - das war allerdings nur Show. Meine Gedanken waren woanders. Wo genau, konnte ich nicht sagen, jedenfalls nicht hier, nicht in diesem Raum. Und schon gar nicht bei dem, was mich bei der »Künstler & Eventagentur - ARTIST TO GO« an »anspruchsvollen Zielen« und Vergünstigungen erwarten würde. Doch meine Maskerade überzeugte. Der Personalchef war mir mehr und mehr zugetan. Ja, jetzt lachte er sogar. »Haha ... Herr Wachsbrenner, ich muss schon sagen, Ihr Pokerface ist einmalig. Ihnen kann man nicht so leicht in die Karten schauen! Na, Sie werden unseren Laden schnell auf Vordermann bringen, da bin ich mir sicher.« Aha, ich saß also gewissermaßen schon im Boot. Die Ruder lagen bereit. Bevor ich auf die Quasieinstellung etwas erwidern konnte, flog die Tür auf und eine Frau mittleren Alters fegte herein. »Herr Rötelhuber, entschuldigen Sie die Störung, aber wir haben ein Problem. Charly, unser zaubernder Clown, rief eben an. Er hat hohes Fieber, wahrscheinlich eine Grippe - und kann heute Abend keinesfalls auftreten. Was machen wir denn nun?!« Herr Rötelhuber war anscheinend zu gut gelaunt, um sich von dieser Hiobsbotschaft aus dem Konzept bringen zu lassen. Anstatt hektisch eine Alternative zu suchen, schaute er verschmitzt in meine Richtung und meinte: »Na, Herr Wachsbrenner, das bisschen Hokuspokus schütteln Sie sich doch mit links aus dem Ärmel. Ihr erster Einsatz heute. Na, wäre das etwas für Sie? Hahaha ...« Wenn diese Art Humor nicht mich beträfe, hätte ich gedacht: *›Chapeau! Herr Rötelhuber, Sie sind echt eine coole Socke. Mit Ihnen wird's hier sicherlich nicht langweilig.‹* So aber wechselte mein über die Jahre perfektioniertes Pokerface zu einem etwas undefinierbaren, mit Sicherheit aber nicht gerade cleveren Gesichtsausdruck, wie mir die Reaktion meines Gegenübers verriet. Herr Rötelhuber schlug sich mit der flachen Hand herzhaft lachend auf den Schenkel. »Sie sind nicht nur ein aufgeweckter Controller, sondern auch der geborene Komiker«, verkündete er lauthals, bevor er sich gut gelaunt seiner Assistentin zuwandte. »Sagen Sie Charly, er kann sich getrost auskurieren. Ich kenne den Veranstalter gut und weiß, dass er nichts dagegen haben wird, wenn statt unseres zaubernden Clowns, eine flotte Artistin aufkreuzt. Rufen Sie bitte Miss Elli an. Sie soll den Job heute Abend übernehmen. Alles weitere kläre ich persönlich mit dem Kunden.« Die Personifikation von Zuversicht und Selbstbewusstsein, dieser Herr Rötelhuber, dazu noch eine wahre Frohnatur, stellte ich nicht ohne Neid fest. Wie geboren für diesen Job. Nun, wenn der ganze Laden so tickt, wäre es aushaltbar in dieser Agentur.

Da das Wesentliche im Grunde besprochen war, geleitete mich Herr Rötelhuber zur Tür. Dabei wurde er nicht müde, mir noch einige Sightseeing Tipps mit auf dem Weg zu geben. Wir verabschiedeten uns und ein kurzer Blick über die Schulter bestätigte mir, was ich ohnehin angenommen hatte – er sah mir nach, um herauszufinden, ob ich denn den Paternoster oder die Treppe nahm. Aber gewiss doch, Herr Rötelhuber: Nur Warmduscher stiegen in den Paternoster! Ein spritziger Controller wählte natürlich die Treppe.

Loko

Ein Wunder: Vor dem Gebäude empfing mich strahlender Sonnenschein. Hell und freundlich, beinahe selbstverständlich – als wäre das nieselige Wetter ein bedauerlicher Irrtum gewesen. Ein kleiner Spaziergang erschien mir das Naheliegenste. Da ich nur Handgepäck mit mir führte, konnte der Check-in im Hotel noch warten. Mir stand der Sinn danach, ziellos durch die Gegend zu schlendern und einfach nur Löcher in die Luft zu starren. Unwillkürlich musste ich schmunzeln. Ein Controller auf Müßiggang - wenn Herr Rötelhuber davon Wind bekäme. Na ja, die Wahrscheinlichkeit war eher gering. Und so führten mich meine Schritte einen mit kleinen, viereckigen Granitsteinen gepflasterten Bürgersteig entlang, in Richtung »Schauen-wir-mal«. Viel Bemerkenswertes gab es vorerst nicht zu entdecken, abgesehen von den schön anzusehenden Linden, die meinen Weg zur Straße hin säumten. Die hochgewachsenen Bäume bildeten eine faszinierende Allee, deren dichtes Laub den Blick von der tristen Häuserzeile gegenüber ablenkte. Trotz des schönen Wetters kamen mir kaum Menschen entgegen. Beste Voraussetzungen also, meine Gedanken ein wenig umherstreunen zu lassen. Ich weiß, wie das klingt. Doch leider habe ich auf meine Gedanken keinen nennenswerten Einfluss. Diese Unruhestifter machen, was sie wollen. Im Allgemeinen läuft es im Hans-Guck-in-die-Luft-Spaziergangmodus doch so: In den ersten Minuten registrieren wir die Umgebung, folgen bedachtsam dem Weg, um bald darauf den unsteten Gedanken Vorrang zu geben. Einer ebendieser Plagegeister hatte mich gerade am Wickel. Ob ich wollte oder nicht, er spielte rigoros seinen Film ab.

Ich sah wieder Herrn Rötelhuber vor mir, dessen Gesichtszüge sich nach und nach zu einer grotesken Maske verzerrten, während er sprach: »Na, Herr Wachsbrenner, das bisschen Hokuspokus schütteln Sie sich doch mit links aus dem Ärmel. Na, wäre das etwas für Sie? ... Na, Herr Wachsbrenner, das bisschen Hokuspokus schütteln Sie sich doch mit links aus dem Ärmel. Ihr erster Einsatz heute. Na, wäre das etwas für Sie? Hahaha ... Na, Herr Wachsbrenner, ... hahaha.« Die Gedanken wiederholten sich, als hielte jemand die Repeat-Taste gedrückt. Erst als eine neue, nicht minder verschlagene Frage aufploppte, stoppte die Dauerschleife. *Stell dir vor, du hättest das Angebot, Clown Charly zu vertreten, angenommen und wärst erfolgreich gewesen – wie hättest du dich gefühlt?*‹ Volltreffer! Mein Unterbewusstsein wollte, dass ich Stellung bezog. Dazu war ich nicht bereit. Ich schüttelte leicht den Kopf und verdrängte die Eingebung, widmete mich stattdessen wieder dem Anblick der Bäume. Der Plagegeist gab allerdings keine Ruhe. ›*Herr Claudius Wachsbrenner. Gehe tief in dich. Höre auf dein Herz!*‹, tönte es nun etwas nachdrücklicher in mir. Noch gefühlsdusliger ging es wohl nicht. Trotz des unterschwelligen Unmuts, glomm ein Funken Zweifel in mir auf. Einbildung? Oder steckte mehr dahinter? Dem Mehr brauchte ich zum Glück nicht nachspüren, denn eine auffällig altmodische Litfaßsäule nahm meine ganze Aufmerksamkeit in Anspruch. Diese flankierte prominent den Bürgersteig und schien mit ihren schnörkligen Verzierungen und der kupelförmigen Überdachung einer anderen Zeit zu entspringen. Zudem bot sie genügend Ablenkungspotential, um meine Plagegeister zumindest vorläufig auszublenden. Ein auffälliges Plakat mit lachendem Clownsgesicht wetteiferte besonders um meine Aufmerksamkeit. Neugierig trat ich näher und las:

HOPPLA!
Großes Sommer-Varieté
CLOWN DUMPTY
mit seinem klugen Hund Duffy
und vielen, vielen anderen Künstlern...

Daneben ein auf seinen Hinterpfoten stehender schwarzer Pudel mit einer auffälligen, übergroßen grün-rot karierten Schleife um den Hals. Er apportierte etwas, das einem Zylinder ähnlich sah. ›*Sicherlich sammelt er damit das Trinkgeld für Clown Dumpty ein*‹, dachte ich und überschlug automatisch, was zusätzlich für Clown Dumpty rausspringen könnte. Anschließend wanderte mein Blick über die Namen der anderen Künstler. Ich beugte mich nach vorn, um sie besser lesen zu können. Plötzlich überkam mich das Gefühl, beobachtet zu werden. Und zwar so intensiv, als gühten zwei heiße Stücke Metall auf meinem Rücken. Schnell drehte ich mich um. Doch bis auf einen alten Mann sah ich niemanden. Der Mann saß wenige Meter entfernt auf einer Bank und trug eine dunkle Brille, so dass ich nicht recht deuten konnte, wohin er gerade schaute. Er machte einen gleichgültigen Eindruck und schien, gedanklich irgendwo anders zu sein. Wieso war mir die Bank bisher nicht aufgefallen? Und wieso überkam mich plötzlich das dringende Verlangen, mich umgehend dorthin zu setzen? Ich gab dem Impuls nach und ging wie selbstverständlich darauf zu. Ohne eine Reaktion abzuwarten, nahm ich am anderen Ende der Bank Platz, murmelte ihm ein »Guten Tag« zu und blinzelte unschlüssig in die gleißende Sonne. Was machte ich hier? Doch bevor meine Plagegeister mich erneut in Beschlag nehmen konnten, vernahm ich die Stimme des alten Mannes: »Hat Ihnen das Plakat gefallen?« Irritiert sah ich ihn an, er sprach jedoch unbeirrt weiter: »Entschuldigen Sie, dass ich einfach so losplappere, aber ich habe den Eindruck, Sie interessieren sich für's Showbusiness.« Ganz klar, er meinte tatsächlich mich. Menschen gibt es ... Quatschen einfach drauflos und stellen wilde Vermutungen an.

Im Prinzip bin ich ein höflicher, um nicht zu sagen diplomatischer Mensch. Gerade war davon aber nicht viel zu spüren. »Ja und wenn schon, was geht Sie das an?«, platze es patzig aus mir heraus und sofort tat mir mein rüder Ton auch schon wieder leid. Wahrscheinlich ist er einsam und sucht einfach nur Kontakt. Mein impulsiver Ausbruch schien ihn jedoch nicht im Geringsten zu berühren. Als hätte er meine abwertende Antwort überhaupt nicht gehört, sprach er in freundlichem Tonfall weiter: »Man nennt mich Loko. Ein ungewöhnlicher Name, ich weiß, aber ich sammle alte Spielzeuglokomotiven und Loko ist das Kürzel für Lokomotive.« Aha, da ich mich jedoch weder für alte Spielzeuglokomotiven noch für den Mann interessierte, war mir das herzlich egal. Als hätte er meine Gedanken gelesen, wandte er sich mir zu. Mit Bedacht nahm er seine dunkle Brille ab. Keine Ahnung, was ich erwartet hatte – trübe, leblose Augen vielleicht – den schelmischen und gleichzeitig weisen Blick, mit dem er mich jetzt musterte, allerdings nicht. Ein leicht spöttischer Zug lag um seinen Mund. »Das habe ich mir gleich gedacht.« Fragend sah ich ihn an. »Na, dass Sie sich nicht für alte Spielzeuglokomotiven interessieren.«

»Wo... woher wollen Sie das wissen?«, stammelte ich und fühlte mich wie auf frischer Tat ertappt. »Nun, meinem Eindruck nach sind Sie ein Mensch, der nur das wahrnimmt, was Sinn macht. Sie möchten stets die Kontrolle wahren. Spielzeugeisenbahnen haben jedoch etwas mit Fantasie zu tun und die kann man nicht kontrollieren.«

›*Nun aber mal halblang, Herr Loko*‹, dachte ich, ›*den Schuh ziehe ich mir jetzt nicht an.*‹ »Wollen Sie damit sagen, ich hätte keine Fantasie?«

»Das habe ich nicht gesagt«, erwiderte Loko lächelnd, wobei seine Augen schelmisch aufblitzten. »Ich sagte lediglich, dass Sie alles gerne kontrollieren und Ihre Imaginationsfähigkeit somit auf Sparflamme halten. Möglicherweise besitzen Sie ja Fantasie, lassen diese aber nicht zu.«

»Soso ... und was verleitet Sie zu dieser Annahme?«, spöttelte ich, doch Loko ließ sich nicht beirren. »Als Sie vorhin den Bürgersteig entlanggingen, wirkten Sie abgelenkt, als drehten sich Ihre Gedanken im Kreis. Allerdings schienen Sie nicht bereit, sich den drängenden Fragen zu stellen. Da kam das Plakat gerade richtig. Doch anstatt sich am Anblick des bunten und lustigen Clownsgesichts zu erfreuen, begannen Sie die Hintergründe zu analysieren. Wenn ich mich nicht irre, haben Sie sich gefragt, wie bekannt Dumty und seine Kollegen wohl sind und was sie so verdienen. Mit Fantasie hingegen hätte Ihnen das Bild des Clowns samt seines Hundes mühelos ein aufgeschlossenes Lächeln für den Rest des Tages beschert.« Augenblicklich verwandelte sich mein Spott in grenzenloses Erstaunen. Neben mir saß ein Mensch, der entweder Gedanken lesen konnte oder aber ich träumte. Verstohlen kniff ich mich. Autsch, nein, ich war definitiv wach. Neugierde machte sich breit. Mal sehen, was der alte Spielzeugeisenbahn-Sammler noch so auf der Pfanne hatte. »Und was sollte ich Ihrer Meinung nach tun?« Loko wiegte sachte den Kopf. »Angenommen, ich wüsste es, so würde ich Ihnen die Antwort dennoch verschweigen.«

»Ach, und warum?« fragte ich verblüfft. »Nun, Sie würden jeden Rat verwerfen, der Sie von Ihren vermeintlichen Wünschen abbringt.«

Ich ließ mir seine Worte durch den Kopf gehen, doch mir wollte sich nicht erschließen, was seine Ratschläge mit meinen Wünschen zu tun haben sollten. Und was genau meinte er mit diesem Fantasie-Kontrolle-Ding? Loko schien meine Gedanken erneut zu erahnen. »Wünsche, Kontrolle, Fantasie – sie sind Gefährten, die nur in Eintracht leben, wenn man keinen bevorzugt. Und bitte, verwechseln Sie Wünsche nicht mit Erfüllung und Wunscherfüllung nicht mit Anerkennung.«

Ach ja - ? Ehrlich gesagt, erschien mir das Geschwätz des alten, wahrscheinlich senilen Mannes reichlich verworren. Das war doch reine Zeitverschwendung. Ich sollte aufstehen und gehen.

»Sie möchten aufbrechen, von der Hoffnung getrieben, etwas zu finden, was Ihnen mehr Freude bereitet.« Er machte eine kurze Pause. »Ersparen Sie sich eine weitere Enttäuschung in Ihrem Leben. Sie wissen weder, was Sie entdecken möchten, noch, was Ihnen Erfüllung bringt.« Loko sah mich herausfordernd an, eine Antwort blieb ich ihm jedoch schuldig. »Ich mache Ihnen einen Vorschlag«, fuhr er daher fort und ich wusste seinen Ausdruck, der irgendwo zwischen überzeugend, sanft, verschmitzt und gütig lag, nicht so recht zu deuten. »Leisten Sie mir noch ein wenig Gesellschaft. Ich werde Ihnen eine Geschichte erzählen. Nicht irgendeine Geschichte. Nein, nein. Diese Geschichte wird etwas mit Ihnen machen. Aber fragen Sie mich bitte nicht, was. Außerdem sollten Sie nicht versuchen, im Vorfeld zu ergründen, wohin die Reise geht. Geben Sie Ihrer Fantasie Raum. Hören Sie mir einfach nur zu. Falls Sie jedoch keinen Gefallen an meinen Worten finden oder diese ohne Wirkung verhallen, können Sie jederzeit aufstehen und grußlos des Weges ziehen. Ich wäre Ihnen nicht böse.«
Obwohl meine Gedanken bereits zu entgleiten drohten, überwog die Neugier. Loko quittierte mein zögerliches Nicken mit einem Lächeln. Dann wandte er seinen Blick ab und richtete seine Aufmerksamkeit in Richtung Litfaßsäule. Er atmete mehrere Male tief durch, bevor sein Mund Sätze zu formen begann, die mich sanft vereinnahmten. »Es war an einem Tag wie heute, vielleicht ein paar Wochen später im Jahr, denn der Wind hatte leichtes Spiel, die bereits farbigen Blätter von den Zweigen zu lösen. Ja, ich bin mir sicher, es war Ende Oktober ...«

Mit diesen Bildern leitete Loko die zweite Geschichte ein. Und, um es vorwegzunehmen: Loko sollte Recht behalten! Die Geschichte war der Schlüssel zu einem Raum, der mir bis dato verschlossen geblieben war und den ich nun vorbehaltlos betreten durfte.

Zweite Geschichte

3. Zirkus ALADIN

»Doch wenn der Wunsch stärker wird als der Zweifel, die Angst, enttäuscht zu werden, kleiner ist, als die Gewissheit zu triumphieren, dann passiert etwas Unglaubliches.«

Archie Wolkenglanz

»Jedes Jahr das gleiche Drama«, lamentierte Archie Wolkenglanz. In seiner Unberechenbarkeit hatte der Wind erneut eine große Menge Blätter von den Linden geweht, die nun wie riesige farbenfrohe Schmetterlinge vom Himmel torkelten. ›Was denkt sich Mutter Natur eigentlich dabei?! Reine Verschwendung ist das!‹ Archie Wolkenglanz schüttelte empört den Kopf. ›Erst läßt sie alles wachsen und gedeihen. Und wofür? Damit es am Ende wieder vergeht? Das kräftige Grün verschwindet, weicht gesetzteren Farbtönen. Wohin man schaut, alles saftlos und welk.‹ Ja, Archie Wolkenglanz war über den Wechsel der Jahreszeiten und den in seinen Augen sinnlosen Sterbeprozess der Blätter verärgert. Bei genauerer Betrachtung galt sein Unmut jedoch eher der Litfaßsäule und dem Plakat, das mit seinen grellen Farben alle Blicke auf sich zog. Wobei Unmut nicht das rechte Wort war. Treffender wären Erbitterung und Scham. Doch weder das eine noch das andere hätte sich Archie Wolkenglanz in dem Moment eingestanden. Dafür fluchte er jetzt umso heftiger: »Malefizblitzhagelelementnochmal! Wieso muss ausgerechnet dieses unselige Plakat meinen Weg kreuzen? Kann es nicht in einer anderen Straße – oder besser – gleich in einer anderen Stadt nach Aufmerksamkeit haschen?« Archie Wolkenglanz drehte den Kopf weg, doch aus seinen Augenwinkeln schielte er heimlich zu der leuchtenden Überschrift hinüber.

»MANEGE FREI -
DIE GROSSE KÜNSTLERPARADE!«
ZIRKUS ALADIN
präsentiert:

Es folgten die Namen der drei prominentesten Artisten. Darunter, etwas kleiner geschrieben, wurden die weniger bekannten, aber dennoch beliebten Künstler aufgeführt. Das kaum lesbare Schlusslicht bildeten die unbekannten Akteure. Einer von ihnen war Archie Wolkenglanz. Zauberer Archie – ganz schlicht und einfach. Das letzte Mal, als er mit dem Zirkus ALADIN in seiner Heimatstadt gastiert hatte, wurde sein Name noch im Mittelfeld geführt, gleich unter den Hauptattraktionen. Mit dieser Platzierung hatte sich Archie durchaus wohlgefühlt. Im Gegensatz zu den Top Acts waren die Erwartungen der Zuschauer bei diesen Künstlern nicht ganz so hoch. Und wenn mal was in die Hose ging, wurde ein solch kleines Malheur mit einem wohlwollenden Zuschauerlächeln quittiert und nicht übel genommen. Nichtsdestotrotz träumte er insgeheim davon, irgendwann einmal ganz oben auf dem Plakat zu stehen – auch wenn ihm bewusst war, dass er dem hohen Erwartungsdruck der Zuschauer niemals gerecht werden würde. Andererseits machte dieses Niemals hin und wieder eine Ausnahme. In diesen Momenten spürte er, dass so viel mehr in ihm schlummerte. Ein überragendes Talent, eine unglaubliche Tat; etwas, das die ganze Welt in Atem hält ...

Die bescheidene Ankündigung auf dem Plakat katapultierte ihn unsanft in die Realität zurück. Dieses Stigma, noch dazu in Hochglanz, torpedierte sein Selbstvertrauen empfindlich. Ja schlimmer noch: Es erstickte seine spärliche Hoffnung, jemals an oberster Stelle auf irgendeinem Plakat zu stehen. Ach, es war zum Mäuse melken!

Archie wandte sich seufzend von der Litfaßsäule ab. Er, warf einen Blick auf die Uhr. Eigentlich hatte er sein Elternhaus besuchen wollen, wie er es immer tat, wenn er in der Stadt war. Es lag nur wenige Straßenzüge entfernt am Rande einer Siedlung; eingebettet zwischen Schrebergärten und einem Rangierbahnhof mit großzügigen, zugleich aber auch verwirrenden Gleisanlagen. Seit dem Tod seiner Eltern stand es leer, weshalb das Grundstück mit dem kleinen Vorgarten und den verwilderten Blumenbeeten in einem morbiden Dornrößchenschlaf fristete. Archie versuchte zwar, wenn sie in der Gegend gastierten, so oft es ging dort vorbeizuschauen und das Gröbste in Ordnung zu bringen, doch manchmal war er nicht so gut drauf, dann verzichtete er lieber auf diesen Abstecher. Auch wenn ihn die Neugier stets in Richtung der alten Heimat trieb, so waren die wehmütigen Kindheitserinnerungen doch immer präsent. Egal, jetzt war es eh zu spät. Höchste Zeit, sich für die Abendvorstellung vorzubereiten und seine mißmutigen Gedanken abzulegen.

»Palais sur roues«

So ein Zirkuswohnwagen ist geräumiger, als man denkt. Zwei weniger anspruchsvolle Künstler finden darin bequem Platz, um es sich gemütlich zu machen. Archie teilte sich seinen farbenfrohen Wagen, den sie scherzhaft »Palais sur roues« - Palast auf Rädern – nannten, mit Piccolo Pesce, unter Freunden nur Pesce gerufen, und seines Zeichens Clown im Zirkus ALADIN. Sie hatten sich den Platz gerecht aufgeteilt; Pesce bewohnte die rechte, Archie die linke Hälfte. Auf Pesces Seite gab es eine Art kleinen Erker, in dem man gemütich sitzen und aus dem Fenster schauen konnte. Archie hingegen hatte einen geräumigen Verschlag, der mit allerlei Krimskrams vollgestellt war. Da die genaue Mitte des Wohnwagens nicht so einfach auszumachen war und es immer wieder hin und her ging, hatte Pesce irgendwann ein großes Stück Stoff gebracht. Archie erinnerte sich noch gut daran, wie Pesce damit ankam und ihn fragte, ob Archie einverstanden wäre, wenn er einen Vorhang nähte und diesen aufhängte. Als er ihm seine Idee demonstrierte und eine Position wählte, die in Pesces Wohnbereich lag, grinste er breit und versicherte seinem Mitbewohner, dass er einverstanden war. Leichte Unstimmigkeiten gab es dann aber doch noch. Das meeresblaue Design mit Fischen wirkte auf Archie zu kitschig, was Pesce traurig stimmte, schließlich wäre der Stoff ein Geschenk seiner Mutter. Zudem würde ihn das Muster an seine Heimat Apulien erinnern, wo seine Eltern direkt am Meer wohnten und sich mit Fischfang ihren Lebensunterhalt verdienten. Das erklärte natürlich einiges und als Archie die kleinen aufgedruckten Fische betrachtete, musste er schmunzeln. Bedeutete Piccolo Pesce nicht übersetzt Fischlein? Unter den Umständen konnte er ihm den Vorhang natürlich nicht verwehren. Schließlich mochte er Pesce und wollte, dass dieser sich wohlfühlte. Denn entgegen des gängigen Bildes eines Clowns, von dem man annahm, er wäre immer fröhlich und zu Scherzen aufgelegt, fand man Pesce abseits der Manege häufig mißmutig in seinem Erker sitzen und Trübsal blasen. Pesce litt unter schrecklichem Heimweh, wie er ihm einmal anvertraut hatte. Allerdings besserte sich sein Gemütszustand mit jedem Kilometer, den der Zirkus seiner Heimat näher kam. Selbst wenn das nur wenige Kilometer waren. Sobald sie die Grenze zu Italien hinter sich gelassen hatten, hellte sich seine Miene immer auf und er öffnete eines der Fenster an ihrem Zirkuswagen. »Archie, riechst du auch das Meer?«, rief er dann stets freudestrahlend und sog die Luft ein. »Riech doch nur ... Die Luft, wie würzig. Und die Möwen ... hörst du ihren hellen, gellenden Ruf?!« Natürlich registrierte Archie von all dem nichts. Aber was spielte das für eine Rolle? Letzlich ging es um Pesces seelisches Gleichgewicht und dazu gehörte nun einmal die würzige Meeresluft Apuliens. Also tat es ihm Archie in denen Momenten gleich, öffnete ebenfalls sein kleines Fenster, sog mit theatralischer Geste die Luft ein und rief: »Richtig, Pesce, heute weht eine besonders kräftige Brise. Und die Möwen, ja, ihr Geschrei ist nicht zu überhören.« Dann strahlte Pesce jedesmal über das ganze Gesicht, so als wären sie tatsächlich gerade in Apulien, direkt am Meer angelangt.

»Erkenbald«

Es dämmerte bereits, als Archie den Zirkuswagen betrat. Doch in Pesces Wohnbereich brannte kein Licht. Wahrscheinlich bereitete er schon seinen Auftritt vor. Für dieses Gastspiel hatte der Stadtrat den Zirkus ALADIN zu Ehren der Eröffnung des gerade erst fertiggestellten Kongresszentrums engagiert, weshalb die Shows nicht wie üblich im Zirkuszelt, sondern im großen vollklimatisierten Festsaal stattfanden. ›Im Grunde gar nicht mal übel‹, sinnierte Archie. Das Zirkuszelt machte zwar optisch mehr her als der nüchterne Kongressbau. Aber hier zog der nasse Herbstwind nicht rein und wärmer war es auch.

Da sich die meisten seiner Zauberutensilien bereits im hinteren Bühnenbereich des Kongresszentrums befanden, musste sich Archie für die Zaubershow nur noch entsprechend kleiden. Nachdem er sich sie schwarze Hose und das weiße Hemd übergezogen hatte, schlüpfte er in den schwarzen Frack und klebte sich den prominenten schwarzen Zwirbelbart über die Lippe. Vervollständigt wurde sein Outfit durch einen dunklen, mit silbernen Sternen bestickten Umhang und seinen schwarzen Zylinder, den er vor nicht allzulanger Zeit gegen einen mittelalterlich wirkenden Spitzhut eingetauscht hatte. Mit einem Seufzen betrachtete er sich im Spiegel. Obwohl er sowohl Zwirbelbart als auch Umhang beinahe ebenso kitschig wie Pesces meerblauen Vorhang fand, bestand der Zirkusdirektor auf dieses Ensemble. Seiner Aussage nach sei das nun einmal langjährige Tradition im Zirkus ALADIN.

Archie war gerade dabei, seine Wangen mit etwas Rouge zu betonen, als die Wagentür aufflog und ein junges Gesicht kess hereinlugte. »Erkenbald«, rief der Sohn des Zirkusdirektors, »bist du startklar? Es geht gleich los!« Rums! Schon war die Tür wieder zu und der Jungspund verschwunden. Wenn Archie etwas auf den Tod nicht austehen konnte, dann war es, ihn mit seinem richtigen Namen anzusprechen. Wenn man zusätzlich noch einen derart höhnischen Unterton anschlug, platzte ihm schier der Kragen. »Erkenbald! ... Er-ken-bald! ... ER-KEN-BALD!«, rief Archie immer lauter werdend. »Oh, ich will diesen unseligen Namen nicht mehr hören. Niemals mehr!« Warum hatten ihm seine Eltern auch nur diesen unsäglichen Namen gegeben?!?! Schon als Kind war er regelmäßig gehänselt worden, weshalb er überglücklich gewesen war, im Zirkus unter einem Künstlernamen auftreten zu können. Er hatte sich für Archibald entschieden, die englische Übersetzung seines Namens. Irgendwie war jedoch sein wahrer Name und dessen Bedeutung – der Mutige, der Hervorragende – in der Truppe bekanntgeworden, weshalb er auch heute noch immer mal wieder damit aufgezogen wurde. Denn jeder im Zirkus ALADIN wusste – er war keines von beidem.

In der Manege

Heiterkeit erfüllte den großen Saal des Kongresszentrums. Das sichtlich ausglassene Publikum kam voll und ganz auf seine Kosten, was nicht zuletzt an dem beeindruckenden Ambiente lag. Die Veranstalter hatten sogar extra eine Manege errichten lassen, um die rundherum die Tische standen, an denen die Gäste das Spektakel genießen konnten. Gerade demonstrierte Clown Happy alias Piccolo Pesce sein Können. Mit der für einen Clown so typischen Tollpatschigkeit und einer ordentlichen Portion Naivität präsentierte er dem Publikum die erstaunlichen Möglichkeiten des Scheiterns. Just in dem Moment versuchte er im Gehen ein Lied auf dem Saxofon zu spielen. Kein leichtes Unterfangen mit den übergroßen Schuhen. Er stolperte und bei jedem Stolperer entwich dem Saxofon ein schriller Ton, der ihn deutlich mehr amüsierte, als dass er sich über's Stolpern ärgerte. »Habe falsche Töne gespielt. Dummer Clown Happy!«, entschuldigte er sich unbekümmert, um es erneut zu versuchen – natürlich mit gleichem Ergebnis. Seine Hartnäckigkeit war einfach zu komisch. Das sah auch das Publikum so, es lachte und applaudierte. Selbst Archie, der die Show seines Mitbewohners gut kannte und von einer Seitentür aus zusah, musste lachen. ›Chapeau!‹, dachte er, ›Pesce macht seine Sache beneidenswert gut.‹ Und er kam nicht umhin seinen Auftritt mit dem von Pesce zu vergleichen. Beide wollten die Zuschauer für sich gewinnen, nur mit unterschiedlichen Botschaften. Pesces Botschaft lautete: Hey Leute, die Dinge laufen nicht immer so, wie wir uns das wünschen, aber ich lasse mich nicht unterkriegen. Ihr seht ja, ich stehe immer wieder auf. Mit unerschütterlichem Frohsinn und Entdeckergeist suche ich nach Möglichkeiten, es doch noch irgendwie zu schaffen. Und falls nicht, so habe ich euch auf jeden

Fall zum Lachen gebracht. Ein Zauberer hingegen möchte überraschen und mit Illusionen verblüffen. Das Publikum soll nicht lachen, sondern staunen. Zaubern zu können ist ein seit Urzeiten verankerter Traum der Menschen und er, Archie, läßt sie nun an diesem Traum teilhaben: Dinge erscheinen und verschwinden. Zerstörte Gegenstände werden wie von Zauberhand wiederhergestellt, Naturgesetze scheinbar außer Kraft gesetzt. Die Grenzen der Wahrnehmung erreicht ... ›So sollte es zumindest sein‹, dachte Archie seufzend. Allerdings fehlte ihm einerseits die Unbekümmertheit und Leichtigkeit, die Pesces Darbietung so besonders machte, andererseits waren seine Zaubertricks mehr oder minder vorhersehbar. Belanglose Tricks, nichts Außergewöhnliches – und selbst die klappten häufig nicht, obwohl er fleißig daran arbeitete. Wie so oft, wenn Archie sein Talent hinterfragte, wünschte er sich ein Wunder. »Ja«, konstanierte er mürrisch, »warum gibt es nicht einfach einen Knall und ich, Archie, bin dann endlich der weltbeste Zauberer. Von jetzt auf gleich ein großartiger Magier, der noch nie dagewesene Illusionen zeigt.« Archie stellte sich vor, wie toll das wäre. »Wummm«, machte er und wieder »Wummm!«. »Und nun, wertes Publikum, darf ich Ihnen den nächsten Künstler ankündigen. Er wird Sie in die phantastische Welt der Magie entführen und ihre Sinne verzaubern. Bitte begrüßen Sie mit einem herzlichen Applaus: Archie, den Zauberer!«, tönte der Zirkusdirektor vollmundig. Erschrocken fuhr Archie aus seinen Grübeleien und eilte, ohne nach links oder nach rechts zu gucken, geradewegs auf die Mitte der Manege zu. Im Spotlight der Scheinwerfer verbeugte Archie sich tief und ließ den Applaus auf sich wirken. Als dieser abebbte, für gewöhnlich das Zeichen, sich wieder aufzurichten und sein Publikum mit einem Zaubertrick zu begrüßen, geschah ... nichts. Archie verharrte wie erstarrt, wohl wissend, dass sobald er sich aufrichtete, er zu zaubern beginnen musste. Und das konnte er nicht, denn ihm war just in dem Moment aufgefallen, dass er seinen Rollwagen samt Zauberutensillien hinter der Bühne hatte stehen lassen. Ohne den war er aber aufgeschmissten. Was sollte er jetzt nur tun? In seiner Ausweglosigkeit schloß er die Augen und murmelte verzweifelt: »Rollwagen, komm zu mir. Rollwagen, bitte komm zu mir. Rollwagen, bitte ...!«

Was dann geschah, konnte niemand so recht nachvollziehen, am allerwenigsten Archie selbst. Obwohl er die Augen noch immer geschlossen hatte, vernahm er das überraschte Raunen der Menge. Vereinzelt drangen auch »Ohhhs« und »Ahhhhs« zu ihm durch. Was war geschehen? Archie blinzelte nun neugierig. Wie von Geisterhand getrieben, ruckelte der Rollwagen langsam auf ihn zu. Kein Wunder, dass das Publikum begeistert applaudierte. Sowohl verblüfft als auch erfreut, beobachtete er, wie der Rollwagen neben ihm zum Stehen kam. Er wüsste zu gern, welcher Kollege sich erbarmt und seine Utensilien so geschickt zu ihm befördert hatte. Doch erst einmal wartete sein Publikum auf ihn. Erleichtert richtete sich Archie auf, um nun unverzüglich mit seiner Zaubershow zu beginnen. Wie bereits erwähnt, waren die Tricks nichts Besonderes. Hin und wieder ging mal etwas daneben, so dass einige Leute belustigt kicherten, und Archie eher die Rolle des Clowns als die des Zauberers inne hatte. Doch das sollte sich heute Abend ändern. Archie verspürte ein Gefühl, das sich am ehesten mit Zuversicht beschreiben ließ. Seine Nervosität war auf einmal wie weggeblasen. Keine zittrigen Hände mehr, im Gegenteil, es schien, als würden sie von einer unsichtbaren Kraft gelenkt. Mehrere Tauben aus einem zerknüllten Tuch erscheinen und auffliegen lassen? Kein Problem. Einen Geldschein zerreißen, um ihn im nächsten Augenblick wieder unversehrt vorzuzeigen? Ein Kinderspiel. Den leeren Becher aus dem Nichts mit Orangensaft zu füllen? Nichts leichter als das. Kurz gesagt, jeder einzelne Zaubertrick glückte anstandslos. Regelrecht unheimlich wurde es Archie jedoch, als plötzlich eines seiner weißen Kaninchen auf dem Rollwagen thronte und an einer Karotte mümmelte. Das konnte nicht sein! Das Kaninchen müsste im Verschlag hinter dem Zirkuswagen sitzen. Zugegeben, eben hatte er noch bedauert, es nicht mitgenommen zu haben, und sich gewünscht, dass es bei ihm wäre. Und nun? Nun war es wirklich hier! Das kam einem Wunder gleich. Archie blieb jedoch keine Zeit, noch länger darüber nachzugrübeln, eine weitere Sensation kündigte sich lautstark an: Das Publikum verlangte eine Zugabe. Eine Zugabe! Da so etwas niemals zuvor von ihm gefordert worden war, hatte er dieses Wort längst aus seinem Sprachgebrauch gestrichen. Und nun ... In Archie erwachte der Ehrgeiz. ›*Man muss das Eisen schmieden, solange es heiß ist*‹, sagte er sich zuversichtlich, griff nach dem weißen Kaninchen und warf es beherzt in schwindeleregende Höhe – fast bis hinauf zu der kuppelförmigen Decke. Als er es wieder auffing, war aus dem weißen ein schwarzes Kanninchen geworden. Und damit nicht genug. Zwischen seinen langen Ohren trug es ein herrlich funkelndes Diadem. Das war nicht nur perfekt, das war mehr als beeindruckend. Das war sen-sa-tio-nell!

»Bravo, Bravo, Zauberer Archie!«, jubelte das Publikum und der frenetische Applaus begleitete ihn wie ein wärmender Mantel aus der Manege hinaus. Auch der Zirkusdirektor wirkte überaus zufrieden. »Ich wusste immer, dass in Ihnen weit mehr Potential steckt!«, erklärte er mit einem breiten Lächeln und klopfte ihm auf die Schulter. Das war schon erstaunlich. Hatte Archie doch die Manege mit quälenden Versagensängsten betreten, weil die Kündigung wie das Schwert des Damokles seit einiger Zeit über ihm schwebte. Nun aber erfüllte ein Hochgefühl Archies Herz und trug ihn beschwingt zum Zirkuswagen zurück.

Die Entdeckung

Für gewöhnlich ging Clown Piccolo Pesce nach seinem abendlichen Auftritt früh zu Bett. Dann kuschelte er sich ein und las noch einige Seiten, bis ihm die Augen zufielen. Manchmal jedoch, wenn die Abendluft mild war und der Himmel klar, setzte er sich noch ein wenig auf die Treppe des Zirkuswohnwagens und schaute sinnierend zu den Sternen. Sie waren so unendlich fern und ihm trotzdem vertraut. Sicherlich lebten dort ebenfalls Menschen. Und wo Menschen lebten, gab es auch Clowns. Neugierige Clowns, so wie er, die fasziniert die funkelnden Gestirne am Firmament bewunderten. Hin und wieder gönnte sich Pesce in solchen Momenten ein Glas Rotwein. Den Wein hatte ihm sein Vater geschickt. Mit einem Zettel versehen, worauf stand:

Lieber Pesce, der Wein soll Dich an Deine
Heimat, an das Meer und an uns erinnern.
Liebe Grüße – Deine Eltern.

Es gab aber auch Abende, an denen Pesce niedergeschlagen auf seinem Stuhl saß und teilnahmslos vor sich hin starrte. Heute war so ein Abend. »Was ist mit dir?« fragte Archie von der gelungenen Vorstellung beschwingt, als er den Wohnwagen betrat. Pesce hob schwer seinen Kopf und schaute mit zu tiefst betrübten Augen. »Ach, Archie, schlechte Nachrichten. Ich habe gehört, dass wir bald in einer anderen Stadt hoch oben im Norden gastieren werden. Weißt du, was das bedeutet? Dort werde ich nicht mehr das Meer riechen und die Möwen schreien hören. Apulien ist dann weit, weit weg. Ach, ich bin so unendlich traurig.«»Hmm!«, machte Archie nur. Was sollte er darauf auch antworten? So ist das Zirkusleben nun einmal. Ständig unterwegs, mal hier mal dort. Und manchmal führt einen der Weg eben auch dorthin, wo es einem womöglich nicht gefällt. Wenn allerdings derart trübselige Gedanken ins Gemüt einziehen, ist es das Beste, sich die Bettdecke über beide Ohren zu ziehen und an etwas Schönes zu denken. Angenehme Gedanken locken gute Träume herbei und lassen das Schlechte schnell vergessen. So jedenfalls hielt es Archie und das riet er auch seinem Freund Pesce. Nun muss man wissen, das Pesce mindestens jeden zweiten Tag Trübsal bließ – und Archie ihm jeden zweiten Tag eben diesen Rat gab. Mit dem Ergebnis, das Pesce den Rat beherzigte und brav zu Bett ging. Im Grunde konnte er Pesce ja verstehen, auch bei ihm drehte regelmäßig das Gedankenkarussell seine Runden. Meistens begann es damit, dass ihm auffiel, wie sonderlich diese Welt doch war. Da war zum Beispiel der traurige Pesce, der in der Manege stets den lustigen und überaus optmistischen Clown mimte, dessen Herz aber oft traurig und schwer war. Bei ihm selbst verhielt sich das ähnlich. *›Vielleicht ist das Fügung‹*, sinnierte Archie und wiegte den Kopf. *›Ist das nun gut oder schlecht? Gerecht oder ungerecht …?‹* Mitten in seinen Überlegungen klopfte es unerwartet. Noch bevor Archie reagieren konnte, ging die Tür auf und der Sohn des Zirkusdirektors steckte seinen Kopf herein. »Archie, für die Gemeinderatsmitglieder wird nach der Vorstellung ein Sektumtrunk im Casino organisiert. Mein Vater meint, es wäre nett, wenn du dazukommen und etwas zaubern könntest.« Überrascht blickte Archie den Rotzlümmel an, der ihn doch wirklich »Archie« und nicht »Er-ken-bald« genannt hatte. Das war ebenso ein Novum wie die Tatsache, dass er zu einem exklusiven Event hinzukommen sollte. Mit einem zufriedenen Lächeln auf den Lippen versprach Archie, pünklich zu erscheinen.

Ihm verblieben zwei volle Stunden. Zwei Stunden, in denen er Zeit zum Nachdenken hatte. Was war ihm heute in der Manege widerfahren? Darauf eine Antwort zu finden, stellte sich als nicht so einfach heraus. Seinen Auftritt hatte er ja wie in einer Art Rausch erlebt. Ebenso leicht wie unwirklich. Als sei nicht er selbst in der Manege gewesen. *›Hmm, so muss sich jemand fühlen, der tatsächlich zaubern kann‹*, dachte Archie wehmütig, nur um sich gleich darauf zur Räson zu rufen. »Blödsinn! Nichts als Hirngespinste, Archie! Richtige Zauberer gibt es nur im Märchen. Andernfalls könnte ich ...«, Archie schaute sich suchend um, »dem Stuhl dort in der Ecke befehlen, er solle sich vor mir verneigen.« Er schnaubte. »Stuhl, verneige dich vor mir!«, befahl er zum Beweis trotzig. Doch der Stuhl verharrte stumm, unbeweglich wie eine altägyptische Sphinx. »Ha!«, entfuhr es Archie beinahe schadenfroh. »Wie denn auch?! Kein Stuhl der Welt kann sich verneigen.« Dann gluckste er über sein groteskes Ansinnen, als hätte er einen schlechten Scherz gemacht. Allerdings verbarg er damit leidiglich seine Enttäuschung darüber, dass er sich weiterhin mit billigen Zaubertricks abplagen musste. Das war nun einmal sein Schicksal als Showzauberer. Oder etwa nicht? Gewiss, vieles was wir gerne möchten, bleibt im Reich der Wünsche. Dort verblasst es und stirbt irgendwann. Manchmal geschieht jedoch etwas, was wir gemeinhin als Wunder bezeichnen. Unverhofft, wie aus heiterem Himmel, woran niemand geglaubt hätte. Wunder kann man nicht einfordern oder gar befehlen. Wunder geschehen, weil wir vorbehaltlos daran glauben und sie aus tiefstem Herzen fühlen. Zu welchen Wundern wir fähig sind, bleibt den meisten Menschen verborgen, einfach, weil sie sich nur halbherzig etwas herbeisehnen. Doch wenn der Wunsch stärker wird als der Zweifel, und die Angst, enttäuscht zu werden, kleiner ist, als die Gewissheit zu triumphieren, dann passiert manchmal etwas Unglaubliches. Genau so erging es in diesem Moment Archie, was ihm aber nicht so recht bewusst werden wollte. Beinahe unmerklich ordneten sich seine wirren

Gedanken. Hoffnung lebte auf und formte eine Bitte. Einen Wunsch, der sein ganzes Wesen vereinnahmte. Dieser eigentlich unsinnige Wunsch hämmerte wie wild von innen gegen seine Stirn. »Lieber Stuhl, bitte, verneige dich vor mir.« Er vernahm die Worte, wusste aber nicht, ob er sie nur dachte oder wirklich ausgesprochen hatte. Plötzlich knackste es und der Stuhl kippte nach vorn. Archie musste blinzeln, denn die zwei vorderen, eben noch geraden Stuhlbeine hatten sich zu einem umgekippten U geformt. Mit ein wenig Fantasie konnte man wirklich meinen, der Stuhl würde sich nun verneigen. Archie traute seinen Augen kaum und schnappte aufgeregt nach Luft. `*Wie um alles in der Welt ...?!*` Die verrücktesten Gedanken schossen ihm durch den Kopf. Das war doch ungeheuerlich, eigentlich gar nicht möglich. Trotzdem war es passiert. Aus welchem Grund? Archie schloss einen Moment die Augen, versuchte, seine Gedanken zu beruhigen. Er hatte dem Stuhl befohlen, sich zu verneigen, was er nicht getan hatte. Zumindest erst einmal nicht. Und dann ...? Ja, dann hatte er geschwiegen. Allerdings war ihm so, als hätte er es sich ganz doll gewünscht. `*So muss es auch in der Manege gewesen sein*`, schoss es Archie durch den Kopf und ihm kam eine widersinnige Idee. Er erhob sich geschwind, stellte sich vor den Stuhl und formte in Gedanken die Worte: »Stuhl, ich wünsche mir, dass du zu Sägemehl wirst.« Ihm blieb der Mund offen, denn anstelle des Stuhls fand er plötzlich ein Häufchen Sägemehl vor ihm auf dem Boden. ›*Wow, unglaublich!*‹ Um sich selbst zu überzeugen, dass er sich das alles nicht nur einbildete, formulierte er nun in rascher Abfolge einen Wunsch nach dem anderen. Binnen kürzester Zeit war der Abwasch gemacht, der Fußboden gewischt, das Fenster geputzt und statt der alten Kaffeemaschine stand nun ein neuer, chromblitzender Vollautomat auf der Anrichte. Das konnte doch nicht wahr sein. Archie zwickte sich in die Wange. Der Schmerz versicherte ihm, nein, er träumte tatsächlich nicht. Was er sich wünschte, ging in Erfüllung. Nur einfordern oder gar befehlen, das durfte er nicht.

Bis zum Sektempfang blieb ihm nun noch eine Stunde Zeit. Archie wollte sich vorher etwas ausruhen. Die Ereignisse hatten ihn sichtlich durcheinandergebracht. Er lag mit offenen Augen auf dem Rücken, doch an Schlaf war nicht zu denken. Das Gedankenkarussel wollte einfach nicht still stehen. ›*Ich kann zaubern, das ist unglaublich, ja verrückt. Oder kann ich nur deshalb zaubern, weil ich verrückt bin …?*‹ Archie musste dann doch weggenickt sein, denn das Klopfen an der Wohnwagentür ließ ihn aufschrecken. »Archie!« rief jemand. Es dauerte einen Augenblick, bis Archie voll bei sich war. »Ich komme sofort!« Er atmete tief durch, bevor er sich einen Ruck gab und aufstand. Auf dem Weg zur Tür prüfte er ein letztes Mal sein Outfit. Dabei wurde ihm bewusst, dass sich von nun an alles ändern würde. Er würde in dieses Casino gehen und die dort Anwesenden mit seiner Zauberkunst unterhalten, sie zum Staunen bringen. Den Archie, den man bisher kannte, würde es nach diesem Auftritt nicht mehr geben.

Der fliegende Umhang

Als er eintraf, waren die Mitglieder des Gemeinderats bereits bester Laune. Die Zeichen standen auf Knabberzeug und reichlich Sekt. Trotz Zylinder, imposantem Zwirbelbart und sternenbesticktem Umhang nahm kaum jemand ernsthaft Notiz von Archie. Unschlüssig suchte er sich einen freien Stehtisch, knabberte ein paar Salzstangen und fühlte sich inmitten dieser ausgelassenen Gesellschaft in jeder Weise fehl am Platz. Selbst der Zirkusdirektor hatte Probleme, die Aufmerksamkeit auf sich zu ziehen. Immer wieder schlug er mit einem Löffel an das Sektglas, allerdings schien das niemanden zu interessieren. Die Gäste brabbelten unbeirrt weiter. Nun, ein Zirkusdirektor wäre kein Zirkusdirektor, wenn er sich nicht anderweitig Gehör verschaffen könnte, und so kletterte er kurzerhand auf einen Stuhl. »Sehr geehrte Gemeinderatsmitglieder«, tönte er lautstark, nun, da er die Anwesenden deutlich überragte, »ich bitte Sie um einen Moment Ihrer Aufmerksamkeit!« Die bekam der Herr Zirkusdirektor jetzt natürlich. Sämtliche Gespräche verstummten. »Zum einen möchte ich mich im Namen des Zirkus ALADIN noch einmal recht herzlich bedanken, dass Sie so zahlreich erschienen sind. Zum anderen, dass sie uns für unser Gastspiel den schönen Saal im neuen Kongresszentrum zur Verfügung stellen.« Wohlwollendes Gemurmel ertönte. »Jetzt aber möchte ich Sie nicht länger mit meinem Gerede langweilen. Genießen Sie den Abend und lassen Sie sich von unserem Zirkusmagier Archie verzaubern.« Der Direktor hob sein Sektglas. Der aufbrandende Applaus spiegelte die zufriedenen Mienen der Anwesenden. Das war sein Zeichen. Während die Gespräche wieder aufgenommen wurden, begann Archie nun mit seiner Show. Dafür bewegte er sich von Tisch zu Tisch. Mal holte er ein Geldstück hinter einem

Ohr hervor, mal ließ er die Armbanduhr verschwinden, um sie bei einem anderen effektvoll aus der Tasche zu ziehen. Doch auch das leere Sektglas, das er erst voll, dann wieder leer »zauberte«, entlockte seinen Zuschauern nicht mehr als ein gönnerhaftes Lächeln. »Das nennt man Close-Up Zauberei«, wisperte eine Frau ihrer Sitznachbarin ins Ohr und kicherte dabei, als käme dieser Hinweis einem schlechten Scherz gleich. Es war beinahe Mitternacht und nicht nur Müdigkeit, sondern auch Abschied lag in der Luft.

Warum um alles in der Welt ließ Archie nicht endlich die Katze aus dem Sack?! Warum nicht die Gäste in echtes Staunen versetzen? Hatte Archie etwa vergessen, zu welchen zauberhaften Möglichkeiten er fähig war?! Bei näherer Betrachtung konnte man sehen, dass in seinen Augen der pure Schalk funkelte und sein Mund ein leicht spöttischer Zug umspielte. Ja, und dann geschah es. Archie vollführte mit beiden Armen eine weit ausholende Geste, woraufhin das Licht erlosch. Eine schier undurchdringliche Schwärze breitete sich aus. Einige spitze Schreie waren zu vernehmen, andere riefen entrüstet nach Licht. Als wären ihre Rufe erhört worden, breitet sich nun ein undefinierbares Leuchten im Casino aus. Dieses seltsame Schwebelicht wurde jedoch nicht von einer Lampe erzeugt, sondern schwebte wie eine Art fliegender Teppich über ihren Köpfen. Anhand der erstaunten Gesichter konnte man ablesen, dass ihnen nach und nach bewusst wurde, was für dieses Phänomen verantwortlich war – Archies Umhang. Tuschelnd wurden die Köpfe zusammengesteckt und man hörte verschiedenste Mutmaßungen, wie Archie dieser raffinierte und überaus imposante Zaubertrick gelungen sein könnte. Archie lächelte in sich hinein und ließ nun die aufgestickten Sterne in grellbuntem Licht aufblitzen, jeden einzelnen in einer anderen Farbe. Ein wahres Glitzerspektakel. »Musik bitte!«, rief Archie und augenblicklich spielten die Sterne eine nur allzubekannte Melodie. »Ahhh ... der Radetzkymarsch!«, erklangen sogleich einige erstaunte Rufe und gemeinschaftlich stimmten die Gäste mit ein – selbst die, die nicht singen konnten. Archie stand im Mittelpunkt der Aufmerksamkeit, die Arme noch immer weit ausgebreitet. Die Gemeinderatsmitglieder erwiderten Archies Lächeln, sichtlich beeindruckt von dessen grandiosem Schauspiel. Was dann geschah, ist mit Worten schwer zu beschreiben. Jeder hatte das Erlebte anders wahrgenommen. Später einigte man sich darauf, dass es sich wohl so zugetragen haben müsste: Archie erhob sich, schwebte langsam bis auf Höhe des Umhangs und setzte sich mit gekreuzten Beinen darauf. Er drehte einige Runden im Saal, bevor er plötzlich, begleitet von der Melodie des Radetzkymarsches, auf seinem Umhang aus dem Casino verschwand.

Dieser Teufelskerl aber auch! Wie hatte Archie das nur wieder angestellt? Die Gemeinderatsmitglieder zerbrachen sich den Kopf, ob er blitzschnell durch die Tür, dem Fenster oder gar durch die Wand geflogen war? Sicherlich gab es in dem Gebäude geheime Ausgänge, die für Gäste nicht sichtbar waren. Wer wusste das schon? Nur in einem waren sich alle einig: Dergleichen hatten sie noch nie erlebt.

Neue Plakate

In den nächsten Tagen passierte etwas Sonderbares. Alle Plakate des Zirkus ALADIN wurden kurzfristig ausgetauscht. Da das extrem kostspielig ist, gab es sicherlich einen triftigen Grund für den Wechsel. Auf den ersten Blick war jedoch kein Unterschied auszumachen. Erst beim genaueren Hinschauen wurde offensichtlich, dass Zauberer Archie nicht mehr am Ende, sondern nun in der Mitte genannt wurde. Einige Tage später wurden die Plakate erneut getauscht. Auf diesen hatte es Zauberer Archie unter die Top-Acts geschafft und wurde zusammen mit zwei prominenten Künstlern angekündigt. Nicht viel später verschwanden aber auch diese.

»Manege frei – DIE GROSSE KÜNSTLERPARADE ZIRKUS ALADIN präsentiert … PERLE MERLE!« prangte nun in großen Lettern von den Plakaten herab. Überall in der Stadt blieben die Leute neugierig stehen und fragten sich, wer dieser PERLE MERLE war, der die Hälfte des Plakates allein für sich einnahm? Neben dem Namen stand noch etwas Kleingedrucktes. Doch man brauchte schon gute Augen, um die Schrift zu entziffern. Machte man sich aber die Mühe, erfuhr man, dass es sich bei dem neuen Künstler um Zauberer Archie handelte.

Einige Tage später wurden sämtliche Plakate mit neuen Attraktionen überklebt. Zirkus ALADIN hatte sein Gastspiel in der Stadt erfolgreich beendet und zog weiter.

4. Krisis

Leere kann man nicht einfach wegwünschen. Hinter der Leere findet sich wieder Leere und dahinter wieder und wieder. Sie besitzt keinen Anfang und auch kein Ende. Sie ist listig und sie ist zäh. Doch vor allem ist sie eines: unersättlich!

Das Piratenschiff

Bereits Mitte März blühten die ersten Sträucher. Weiße und rosafarbene Blüten wetteiferten in ihrer Pracht. Die Natur lebte auf. Sie sprühte vor Optimismus, als hätte es diesen strengen Winter mit dem vielen Schnee und der klirrenden Kälte nie gegeben. Sogar der morsche Zwetschgenbaum, dem man nicht zugetraut hatte, den Winter zu überstehen, blühte zaghaft. Archie, alias Perle Merle, öffnete das Fenster und schaute in den Garten. ›Friedlich ist es hier‹, dachte er, ›friedlich und schön.‹ Hinter ihm lag eine aufregende Zeit. Nachdem er sein Engagement im Zirkus ALADIN gekündigt hatte, hatte es ihn in fremde Länder gezogen. Dorthin zu gelangen, war für Perle Merle ein Leichtes gewesen. Kaum hatte er es sich gewünscht, war er auch schon auf der Avenue des Champs Élysées in Paris, Unter den Linden in Berlin oder auf dem Broadway in New York gewandelt. Ein Blick von der Cheops-Pyramide, eine Kamel-Tour durch die Sahara und ein Tauchgang im Roten Meer hatten genauso auf dem Programm gestanden wie ein Luxus Resort auf Barbados, wo er sich entspannt und ausgiebig gesonnt hatte. Und war es ihm zu warm geworden, hatte er sich bei einem Abstecher in die Arktis wieder abgekühlt. Kurzum, Perle Merle hatte sich jeden Wunsch erfüllt, war er auch noch so verrückt gewesen. Er hatte Honig in Schmierseife verwandelt, Blei zu Gold oder grünblättrigen Klee in rosaleuchtene Kirschblüten – einfach weil er es konnte. Theoretisch hätte er auch verheerende Naturkatastrophen heraufbeschwören können. Ja, die Welt zu erkunden war interessant, aufregend, einfach fantastisch, aber auch anstrengend. Irgendwann hatte Perle Merle genug von dem ganzen Trubel und sehnte sich dorthin, wo ihn Ruhe und Gelassenheit empfingen: nach Hause. Da war er nun, allerdings wusste er nicht, was er jetzt anstellen sollte. Unschlüssig schweifte sein Blick über den kleinen Garten seines Elternhauses. Ringsum, dicht am Zaun gelegen, befanden sich die Blumenbeete. In der Ecke der Komposthaufen. Ein mit Moos bewachsener Berg aus Bauschutt verdeckte ein Loch im Zaun. Sein Blick blieb am alten Zwetschgenbaum hängen, der in der Mitte des Gartens stand. Auf den war Perle Merle bereits als Kind gern geklettert. Dort oben hatte er schon immer tun und lassen können, was er wollte. Ob er lauthals gesungen, kleine Geschichten erzählt oder einfach nur vor sich hin geträumt hatte, der Zwetschgenbaum war sein stillschweigender Freund gewesen, dem er sowohl seine Sorgen als auch Freuden anvertraut hatte. Besonders gern hatte er davon geträumt, wie er als Kapitän eines Piratenschiffes auf große Kaperfahrt ging. Dann war der Baum jedes Mal zu seiner Kogge geworden, an deren Mastspitze der grausige Jolly Roger hing, und hatte ihn als Kapitän in exotische Länder geführt. Ein Lächeln stahl sich auf Perle Merles Lippen, während er in Erinnerungen schwelgte. Leider wollte der Anblick des maroden Zwetschgenbaumes nicht recht dazu passen. ›Der Zahn der Zeit hat meinen Freud sichtlich mitgenommen‹, dachte Perle Merle. ›Er könnte durchaus eine Verjüngungskur gebrauchen. Einige reife Zwetschgen würden ihm ebenfalls gut stehen.‹ Kaum war der Wunsch in Gedanken formuliert, stand der Zwetschgenbaum vor Kraft strotzend und mit den saftigsten Früchten vollbehangen vor ihm. Doch damit nicht genug. Keine Sekunde später saß Perle Merle hoch oben im Baum und ließ sich die süßen Zwetschgen schmecken.

Er fühlte sich wieder wie der kleine Junge, der die Zwetschgen lieber aß, anstatt sie für Mutters Kuchen zu pflücken. Während er in eine weitere Frucht biss, kam ihm die Geschichte mit seinem Piratenspiel wieder in den Sinn. ›*Es wäre doch amüsant, wäre der Baum ein Piratenschiff und ich ein richtiger Piratenkapitän*‹, schoss es Perle Merle übermütig durch den Kopf. Nach einem kurzen Ächzen und einigem Getöse verwandelte sich der Zwetschgenbaum in eine altertümliche Kogge. Ihr Rumpf reichte einmal quer durch den Garten und an der Mastspitze flatterte tatsächlich der grausige Jolly Roger. »Was ist los?!«, rief Perle Merle plötzlich erschrocken. »Wieso kann ich nur noch auf einem Auge sehen? Bitte einen Spiegel. Einen großen Spiegel!« Umgehend wurde sein Wunsch erfüllt. Eine schwarze Binde über seinem rechten Auge war der Grund, warum er nur noch auf dem linken Auge sehen konnte. Nachdem er die Augenbinde entfernt hatte, betrachtete Perle Merle ausgiebig sein neues Outfit. Doch was er sah, machte ihm Angst. Aus dem Spiegel blickte ihm ein prächtig gekleidetes Monster mit rotem Seidenkopftuch und mächtigen Epauletten auf den Schultern entgegen. Der schwarze Frack mit den überdimensionierten Epauletten auf den Schultern war mit allerhand goldenen und silbernen Applikationen und einer Vielzahl funkelnder Orden verziert. Am Bauch zusammengehalten wurde er von einer gewundenen Brokatschärpe, in der ein Krummsäbel, ein Enterbeil und ein Fernrohr steckten. Im krassen Kontrast dazu standen die blauen Pumphosen und die perlenbesetzten Schnabelschuhe, doch alles in allem – nicht zuletzt wegen des roten Seidentuchs auf seinem Kopf – sah er wie ein verwegener Piratenkapitän aus. »Gewöhnungsbedürftig, aber nicht schlecht«, urteilte er und lachte. »In der Montur könnte ich mit meinem Piratenschiff die weiten Meere befahren.« Zumindest in der Theorie, denn, wie bereits erwähnt, Perle Merle hatte von der Rumreiserei vorerst genug. Auf ein wenig Zerstreuung wollte er dennoch nicht verzichten. ›*Wie wäre es mit einem kleinen Orchester und ein wenig klassischer Musik? Ein Dirigent, der lustige Bewegungen zur Musik macht, darf natürlich auch nicht fehlen.*‹ Kaum war der Wunsch in Gedanken formuliert, ertönte ein Tusch und die gewünschten Musiker – zehn an der Zahl plus Dirigent – musizierten auf dem Vorderdeck. Derweil machte es sich Perle Merle auf dem Achterdeck gemütlich. Eine Weile lauschte er den Melodien, doch irgendwann hatte er von klassischer Musik genug. »Spielen Sie bitte etwas Modernes«, bat er das Orchester. Ob Twist, Cha Cha, Rock & Roll oder Rap – Perle Merle wippte im Rhythmus der Musik, woraufhin der Schalk in ihm erwachte. ›*Wie würde es klingen, wenn alle Dur-Töne in den Liedern fehlten?*‹ Als erstes reagierte der Dirigent. Er runzelte die Stirn und warf den Musikern böse Blicke zu. Schließlich schlug er mit dem Taktstab auf sein Pult. »Aber, aber ... werte Damen und Herren, so geht das nicht!«, rügte er, woraufhin die Instrumente umgehend verstummten. »Wo bleiben die Dur-Töne? Hören Sie nicht, wie mollig es klingt?!« Die Musiker nickten betroffen. Die Harfenistin meldete sich zu Wort und lamentierte, dass sie wie immer spiele, die Harfe aber keinen einzigen Durton von sich gäbe. »Als hätte jemand das Dur gestohlen«, ergänzte sie mit einem frustrierten Seufzen. »Blödsinn!«, erwiderte der Dirigent unwirsch. »Dur-Töne stehlen, kann man nicht. Sie aber absichtlich nicht spielen, das kann man sehr wohl!« Bei den letzten Worten blickte er besonders verärgert zur Harfenistin. Perle Merle amüsierte sich köstlich über die Ahnungslosigkeit der Musiker und war gespannt, wie der Dirigent das Problem nun lösen würde. Dieser klopfte wieder mit dem Taktstock auf das Notenpult und rief: »Beginnen wir noch einmal von vorn. Diesmal konzentrieren Sie sich aber bitte auf das Dur!« Die Musiker gaben sich sichtlich Mühe, doch es nutzte nichts. Das Musikstück erklang auch weiterhin im traurigen Moll. Langsam aber sicher griff die Melancholie um sich. Selbst dem Dirigenten liefen Tränen über das Gesicht, dabei schwang er den Taktstock so wild, als wolle er damit das traurige Moll verjagen. Und auch Perle Merle wurde von einer tiefen Traurigkeit erfasst. Unweigerlich musste er an all die Mißgeschicke denken, die ihm widerfahren waren. Auf einmal erschien ihm die Welt wie ein einziges graues Chaos voller Schwermut und Trauer. Wie schrecklich. Nein, so hatte er sich das nicht vorgestellt. Er wollte sich amüsieren, doch das Moll erwies sich als eine einzige Katastrophe. ›*Liebes Dur*‹, formulierte er in Gedanken, ›*nur du allein sollst in den Liedern erklingen.*‹ Sofort wechselte die Klangfarbe und die Melodie warf ihr tristes Mäntelchen ab und tauschte es gegen ein fröhlich buntes. »Wunderbar!«, rief der Dirigent mit einem freudigen Lächeln den Musikern zu. »Jetzt ist der Knoten geplatzt! Herrlich, dieses Dur. Warum nicht gleich so?!« Die Musiker wirkten ebenfalls glücklich. Und auch Perle Merles Laune stieg rapide. ›*Ja, so ist es gut.*‹ Gerade spielte das Orchester einen Walzer. Die Musiker wiegten ihre Körper sanft von links nach rechts und von rechts wieder nach links. Auch Perle Merle schunkelte vergnügt. So hätte es gewiss noch eine Weile gehen können. Doch plötzlich zerbrach der Dirigent seinen Stock und schlug die beiden Enden unverdrossen aufs Notenpult. »Tanzen, tanzen, tanzen«, schrie er mit schriller Stimme. »Alle müssen jetzt tanzen!« Tanzen ...? Perle Merle konnte sich nicht daran erinnern, sich das gewünscht zu haben. ›*Aber warum eigentlich nicht,*‹ dachte er. ›*Schließlich ist Bewegung die beste Medizin.*‹ Die Szenerie auf der Kogge bot ein illusteres Bild. Die Musiker spielten nicht nur, sie tanzten und lachten dabei, während der Dirigent mit beachtlichem Geschick auf dem Notenpult trommelte. Dabei fixierte er das Orchester mit hypnotischem Blick. Auf ein kurzes Nicken seinerseits hin legten die Musiker ihre Instrumente beiseite und bewegten sich tanzend auf Perle Merle zu. Sie nahmen ihn bei der Hand und bildeten einen Kreis. Das Trommeln des Dirigenten wurde schneller, irgendwie extatischer. Intensität und Lautstärke nahmen zu. Es klang beinahe, als schlüge er auf riesige Taikos[1]. Nun tanzte jeder für sich. Die Arme wurden geschüttelt, der Körper gekreist, es wurde gesprungen und gestampft, die Gesichtsmuskeln zu wilden Masken verzerrt, ohne auch nur einen Moment der Pause. Sie alle waren in einer Art Rausch gefangen. Eine ausgelassene Extase, aus der es kein Ent-

[1] Die Taiko ist eine japanische Trommel in Form eines massiven Fasses. Sie ist bekannt für ihren majestätisch tiefen Klang

rinnen gab. Perle Merle wusste, er musste dem irrwitzigen Treiben ein Ende bereiten. Doch erschöpft, wie er war, brachte er nicht einen einzigen klaren Gedanken zustande. Wie sollte er sich in diesem Zustand etwas wünschen? Schweißgebadet rang er nach Luft. »*Es ist genug! Genug, genug!*«, wagte er dennoch einen Versuch. Doch anstatt die Musik zu stoppen, hämmerte der Rhythmus immer schneller, und die Bewegungen wurden noch viel wilder. Ein wahrer Hexenkessel tobte auf der Kogge. Wer weiß, wie all das verlaufen wäre, wäre Perle Merle nicht ins Stolpern geraten. So aber stürzte er und fiel der Länge nach auf die harten Schiffsplanken.

Für einen kurzen Moment blieb sein Körper wie erstarrt liegen, kam zur Ruhe. Perle Merle atmete tief. Sein Kopf dröhnte, als würde er gleich zerbersten. Es kam einem Wunder gleich, dass er in diesem Moment den passenden Wunsch formulieren konnte. Ganz schwach drang er in sein Bewusstsein. ›*Musik, bitte hör auf, ich habe genug!*‹

Am Rande registrierte Perle Merle noch, dass es zwar schlagartig ruhig wurde, nun aber schwere Wolken aufzogen. Grell zuckten Blitze über den nächtlichen Himmel, gefolgt von dumpfem Donnergrollen. Nicht einmal die Regentropfen, die erst zögerlich, dann aber immer heftiger fielen, so als würden sie etwas Wichtiges auf der Erde versäumen, konnten verhindern, dass Perle Merle einsam zusammengekauert in einen tiefen Schlaf glitt.

Leere

Wie lange der Regen das Land bedeckt und er so dagelegen hatte, vermochte Perle Merle später nicht zu sagen. Der Schlaf, der ihn fest umklammert gehalten hatte, war zu tief gewesen. Erst die wärmenden Strahlen der Morgensonne, die sich an diesem Morgen im Osten erhob, konnten Perle Merle eine Regung entlocken. Einer der gleißenden Sonnenboten kitzelte ihn im Gesicht, als schien er sagen zu wollen: »Genug geschlafen. Wach auf! Sieh nur, wie schön der Tag beginnt.« Perle Merle blinzelte schläfrig. Wo befand er sich? Was trug er für närrische Kleidung, die obendrein noch völlig durchnäßt war? Nur langsam kam die Erinnerung. Perle Merle streckte seine steifen Glieder und schüttelte sich wie ein begossener Pudel. »Brrr, von der Seefahrt habe ich ein für allemal genug, da ist man ja seines Lebens nicht sicher.« Das ihn seine fixen Wünsche in diese missliche Lage gebracht hatten, wollte sich Perle Merle jedoch nicht eingestehen. Überhaupt wollte er diese skurrile Episode so schnell wie möglich vergessen. Jetzt hatte er vor allem eins: Hunger. *›Ich werde mir ein leckeres Frühstück wünschen. Doppelte Portion‹*, frohlockte er stumm. ›Doch erst brauche ich trockene Kleidung, am liebsten einen Jogginganzug und die Tageszeitung. ‹ In dem Jogginganzug fühlte sich Perle Merle gleich viel wohler – und fit obendrein. Er klemmte sich die Zeitung unter den Arm, bevor er sich ambitioniert über die Reling schwang und geschickt die Strickleiter hinunterkletterte. Mit knurrendem Magen eilte er ins Wohnhaus.

Wie gewünscht, war der Früstückstisch reichhaltig gedeckt. Cappuccino, goldbrauner Toast dazu Orangensaft und ein 5-Minuten-Ei … Perle Merle ließ es sich schmecken. Zwischen den

Bissen warf er immer wieder einen Blick in die Zeitung. Das ging solange gut, bis er mit der Hand an die Tasse stieß und sich der Kaffee über dem Tisch ergoss. Anstatt sich nun darüber aufzuregen, und sich einen frischen Cappuccino oder eine neue Zeitung zu wünschen, kam ihm eine brillante Idee: ›*Warum die Zeitung lesen, wenn ich mir doch wünschen kann, diese bereits gelesen zu haben?*‹ Sogleich war Perle Merles Kopf angefüllt mit den Neuigkeiten aus aller Welt, allerdings brannten ihm nun die Augen, als hätte er die Informationen alle selbst gelesen. Dennoch staunte Perle Merle über die Möglichkeit. Wäre ihm das früher eingefallen, hätte er sich die Rumreiserei sparen können. Fix überlegte er, welches Land er noch nicht bereist hatte. Rio de Janeiro? Die Copacapana? Ja, das fehlte ihm noch in seinem Reiserepertoire. Intuitiv schloss Perle Merle die Augen. Sofort hörte er das Rauschen des Meeres, im Hintergrund sanfte Sambamusik. Mit einem farbenfrohen Cocktail in der Hand schlängelte er sich zwischen ausgelassen schwatzenden Brasilianern hindurch. Über ihm die Sonne, vor ihm der endlose Strand, dann das Meer und die Leichtigkeit der Menschen ... Er spürte alles so intensiv, fühlte sich so frisch und lebendig, als wäre er bereits einer von ihnen. Diese Art zu Reisen war ganz nach Perle Merles Geschmack. Ging es auch ebenso einfach zurück? Er öffnete zaghaft die Augen. Die sonnigen Bilder wichen dem gewohnten Blick ins Wohnzimmer. Einzig seine braungebrannten Arme erinnerten an seinen Aufenthalt im fernen Rio de Janeiro – ebenso der dezente Geruch einer frisch zubereiteten Feijoada[1]. »Hmmmm«, machte Perle Merle und strich sich dabei über den Bauch. »Eine leckere Feijoada mit Bohnen und Fleisch würde mir jetzt vorzüglich munden.« Nichts leichter als das. Ein Wunsch genügte: ›*Ich bin satt, die Feijoada hat ganz vorzüglich geschmeckt.*‹ Augenblicklich wölbte sich sein Bauch und Perle Merle fühlte sich

[1] Feijoada ist ein brasilianisches Nationalgericht aus Fleischstückchen und schwarzen Bohnen.

wohlig satt, als hätte er soeben eine riesige Portion des leckeren Bohnengerichts verdrückt. Ein voller Bauch machte jedoch müde, so müde, dass Perle Merle sich auf die Couch legte und sofort einschlief.

Gegen Mittag erwachte er wieder. Was könnte er nun essen? Ein deftiges Eisbein mit Sauerkraut oder etwas Süßes? Schwarzwälder Kirschtorte zum Beispiel. Oder ... am besten beides. Und weil es auf der Couch unheimlich bequem war, blieb Perle Merle einfach liegen. Warum auch nicht? Er musste die Speisen weder holen, noch sich an den Tisch setzen. Nicht riechen, kauen oder schlucken. Mit dem Wunsch, »Ich bin satt. Eisbein und Schwarzwälder Kirsch haben vorzüglich geschmeckt«, konnte er diesen unnötigen Aufwand bequem vermeiden.

Als Perle Merle mitten in der Nacht erwachte, war das erste, was er spürte – nichts. Keinen Hunger, keine Müdigkeit, keinen Wunsch. Rein gar nichts. Allerdings spürte er etwas Unterschwelliges, nicht Greifbares. Etwas, das Perle Merle nicht benennen konnte. Er grübelte, was genau das sein könne, kam aber nicht darauf. Irgendwann zuckte Perle Merle nur die Schultern. *›Wozu zerbreche ich mir eigentlich den Kopf? Ich wünsche mir einfach zu wissen, was ich spüre, dann wird es sich schon zeigen.‹* Doch diesesmal blieb sein Wunsch folgenlos. Stattdessen, so schien es, nahm ein seltsam mysteriöses, ja, beinahe bedrohliches Gefühl zu. Er wiederholte den Wunsch, mal laut, mal leise, mal in Gedanken. Doch nichts geschah. Na ja, zumindest nicht, was er sich erhoffte. Denn mit jedem Wunsch wuchs dieses unbestimmte Gefühl in ihm. Irgendwie glich es einem hungrigen, unersättlichen Raubtier. Plötzlich ahnte Perle Merle, was es damit auf sich hatte. Dieses Gefühl war gar kein Gefühl. Im Grunde war es nichts ... bis auf Leere. Und Leere konnte man nicht einfach wegwünschen. In der Leere ist die Leere und dahinter erneut die Leere. Sie besitzt weder Anfang noch Ende. Sie ist listig und sie ist zäh. Doch vor allem ist sie eines: unersättlich! Perle Merle sprang von der Couch. Unruhig ging er im Zimmer umher. Was konnte er mit der Leere anfangen? So angestrengt er auch darüber nachdachte, es wollte ihm nichts Schlaues einfallen – obwohl sein Kopf voller Gedanken war, die kreuz und quer schossen, als könnte allein ihre Schnelligkeit das Problem lösen. Das Gegenteil war jedoch der Fall. Perle Merle wurde nur noch fahriger. Er war erst verzweifelt, dann traurig und schließlich wütend. So wütend, dass er den erstbesten Gegendstand nahm und gegen die Wand schleuderte. Das gab ein Getöse. »Aua!« schrie im gleichen Moment eine Stimme laut und böse. »Aua, du ungehobelter Klotz! Was wirfst du mit der Vase nach mir?!« Perle Merle schaute sich erschrocken um. Doch im Zimmer war niemand zu sehen. Unter der Couch und dem Tisch auch nicht. Halluzinierte er? Wie konnte er Stimmen hören, wo er doch ganz allein im Zimmer war? Hat er etwa den Verstand verloren? Perle Merle lauschte angestrengt in die Stille hinein. Doch es blieb still. Seine hektischen Gedanken mussten ihm einen Streich gespielt haben. »Nein, hat man so etwas schon erlebt?! Schaut drein, als wäre er die Unschuld in Person.« Da war sie wieder, die Stimme. Und sie schien aus der Wand zu kommen.

5. Xenos

»Je mehr du dir Glück wünschst, desto mehr
entzieht es sich.
Je weniger du dir Leere wünschst, um so
größer wird sie werden.«

Zeit zurück

Diesmal war Perle Merle eher verärgert, denn erschrocken. Schließlich war er kein Hans Wurst, der sich an der Nase herumführen ließ. »Wer oder was bist du? Warum versteckst du dich vor mir?« Die spröde Stimme antwortete umgehend: »Ich verstecke mich ganz und gar nicht. Enferne den Putz von der Wand, dann wirst du mich sehen.«

›*Da möchte mich tatsächlich jemand zum Narren halten*‹, dachte Perle Merle. »Ich weiß«, entgegnete die Stimme, als hätte sie seine Gedanken gehört, »mein Wunsch ist ungewöhnlich, aber du hast angefangen und die Vase nach mir geworfen. Genau dort, hinter dem Wandputz, wirst du mich finden.« Perle Merle kratzte sich am Kinn, bevor er einen Wunsch formulierte. Binnen eines Augenaufschlags war die Stelle freiglegt und zum Vorschein kamen ... gewöhnliche Mauersteine. »Guck nicht so deppert«, meldete sich die Stimme wieder. »Ich bin kein gewöhnlicher Ziegel, sondern ein Verblendstein. Übrigens, der einzige seiner Art, der in diesem Haus vermauert wurde. Komm näher, du erkennst mich an der grünen Glasur.« Perle Merle betrachtete die freigelegte Stelle nun genauer und bemerkte tatsächlich inmitten der rötlichen Ziegelsteine etwas Grünliches. »Da staunst du, was?«

›*Ohje, ein sprechender Stein hat mir gerade noch gefehlt,*‹ schoss es ihm durch den Kopf und machte sich auf weitere Überraschungen gefasst. »Ich heiße übrigens Xenos«, fuhr der Verblendstein fort. »Xenos heißt soviel wie Fremder oder Reisender, aber auch Gastfreund. Im Grunde bin ich von jedem etwas. Je nachdem. Entscheide selbst, was dir am besten gefällt. Doch jetzt zu dir: Was geht eigentlich in deinem Kopf vor, dass du mich mit einer Vase bewirfst? Das gehört sich nicht!«

»Oh, ich wollte dir nicht wehtun«, entschuldigte sich Perle Merle. »Ich habe einfach die Nerven verloren.«
»Soso ...«
»Das ist in meiner ausweglosen Situation auch wirklich kein Wunder.«
»Soweit ich das mitbekommen habe, kannst du dir alles mögliche wünschen«, erwiderte Xenos. »Somit sollte es kein Problem sein, die ausweglose Situation einfach weg- und die verlorenen Nerven wieder herbeizuwünschen.« Perle Merle verzog missmutig das Gesicht. »Sich alles wünschen zu können, ist kreuzgefährlich. Um ein Haar wäre ich dabei ums Leben gekommen.«
»Wenn du mir deine kreuzgefähliche Geschichte erzählst, so will ich deine verlorenen Nerven nachsehen. Wir wären dann beide quitt. Einverstanden?«, schlug Xenos mit unverhohlener Neugier in der Stimme vor, was Perle Merle ihm nicht verdenken konnte. So allein unter dem Putz gab es bestimmt nicht viel Abwechslung. Daher nahm sich Perle Merle bereitwillig einen Stuhl, setze sich vor Xenos und begann zu erzählen. Irgendwie war er auch froh, sich jemandem anvertrauen zu können, selbst wenn es sich bei seinem Gesprächspartner nur um einen Verblendstein handelte. Wohlgemerkt, einen der sprechen UND zuhören konnte. Und so erfuhr Xenos vom Zirkus ALADIN, von Perle Merles Freund Pesce und seinem Werdegang als Zauberer. Dass er anfangs wegen seiner lahmen Tricks nur belächelt wurde und sich alles verändert hatte, als seine Wünsche auf einmal wahr wurden. Natürlich berichtete er auch von den erstklassigen Reisen und dem skurrilen Erlebnis als Piratenkapitän mit beinahe tragischen Ende. Kurzum, ihm wurden die absurdesten Wünsche erfüllt, nur gegen die Leere, die immer stärker Besitz von ihm ergriff, vermochte kein Wunsch etwas auszurichten. »Nun, da du meine Geschichte kennst, kannst du meinen Ärger gewiss verstehen«, endete Perle Merle. »Wahrlich«, antwortete Xenos bedächtig, »eine derart wunderliche Geschichte habe ich noch nie gehört. Im Vergleich dazu friste ich mein Dasein geruhsam,

ja, geradezu eintönig.« Xenos machte eine kurze Pause. »Aber jeder hat sein Päckchen zu tragen«, ergänzte er voller Mitgefühl. »Vielleicht tröstet es dich zu wissen, dass mir dereinst auch mal etwas Ungeheuerliches widerfahren ist. Mir ging es miserabel und ich hätte sterben mögen. Doch dann fügte sich alles, so wie ich es niemals erwartet hätte. Und diese Fügung machte mich zu jenem zufriedenen Verblendstein, der ich auch heute noch bin.« Perle Merle horchte auf. ›*Konnte Xenos die Lösung kennen?*‹ Er sprang vom Stuhl und kniete sich direkt vor Xenos auf den Boden. »Wie sagtest du? Eine Fügung? Bitte erzähle mir von dieser Fügung. Vielleicht ist sie hilfreich und ich kann sie mir wünschen.« Xenos sagte nichts, schien zu überlegen. »Ich weiß nicht, ob ich bereit dazu bin. Alte Wunden könnten aufreißen.« Es folgte ein weiter Moment der Stille. »Die Fügung«, begann er kryptisch, »hat etwas mit Verzicht und Demut zu tun. Das wird jemanden wie dir, der sich alles wünschen kann, sicher überraschend vorkommen, ja, womöglich gar absurd erscheinen. Doch mir hat diese Fügung große Erfüllung gebracht.« Perle Merle dachte über Xenos Worte nach. »Du sprichst in Rätseln, Xenos. Erst Fügung, nun Erfüllung? Was ist notwendig, was kann mir helfen?« Doch Xenos ließ sich nicht beirren. »Erfüllung hat viele Gesichter«, fuhr er fort. »Für manche bedeutet Erfüllung Erfolg, Zufriedenheit oder Wohlbehagen, für andere wiederum Harmonie, Gesundheit oder Abenteuer. Letztendlich ist es ein großes Glück, wenn man seine Erfüllung findet. Und ich hatte großes Glück, obwohl mir das zuerst nicht bewusst war.«

»Ja, wenn das so ist ...« Perle Merle richtete sich entschlossen auf. »Nichts leichter als das. Ich werde sogleich das Glück herbeiwünschen, dann werden wir ja sehen.«
»Halt, halt! Nicht so voreilig«, rief Xenos. »Sowohl das Glück als auch die Leere lassen sich nicht so einfach herbei- oder hinfortwünschen. Im Gegenteil, je mehr du dir Glück wünschst, desto mehr entzieht es sich. So ähnlich verhält es sich auch mit der

Leere. Je weniger du sie dir wünschst, um so größer wird sie werden.« Perle Merle stöhnte auf. »Xenos, du bringst mich ganz durcheinander! Wie soll sich da noch einer auskennen? So werde ich die Leere niemals los.« Und als habe ihn all seine Kraft verlassen, sackte er wie ein Häufchen Elend zu Boden. »Ich armer Perle Merle«, jammerte er zu einem Knäuel zusammengekauert. »Was um alles in der Welt habe ich getan, dass mich das Schicksal so hart straft?! Oje, oje ...«

»Was soll die Jammerei? Damit ist gar nichts gewonnen,« rügte Xenos ihn. »So wird das Glück einen großen Bogen um dich machen. Hör mir gut zu, denn ich werde dir noch etwas erzählen. « Xenos Stimme klang mit einem Mal viel weniger spröde. »Ja, ich bin nur ein Verblendstein, der kaum etwas von der Welt gesehen hat. Still verharre ich an einer Stelle und habe auch keine bemerkenswerten Fähigkeiten. Doch glaube nur nicht, mein Leben wäre bedauernswert oder gar unbefriedigend. Absolut nicht. Natürlich ist es mit deinem Leben nicht zu vergleichen. Doch auch ich habe Leid, Not und Schmerz erlebt. Zudem musste ich großes Unglück ertragen. Das Unglück kam überraschend und es kam schnell. Ich habe lange Zeit gebraucht, um darüber hinwegzukommen. Und doch war es dieses Unglück, durch das ich mein Glück erfahren habe.«

»Warum hast du das nicht gleich gesagt?« Perle Merle fasste neuen Mut. »Dann wünsche ich mir sogleich das Unglück, erfahre das Glück und die Leere ist verschwunden.« Anstatt einer Antwort war ein leises Knirschen zu hören. Winzige Mörtelpartikel rieselten zu Boden. »Was ist los, hat es dir die Sprache verschlagen?«, rief Perle Merle irritiert. »Nein, nein«, entgegnete Xenos, »ich musste nur so lachen. Dabei rieselt immer etwas vom Mörtel aus den Fugen. Daher ist es auch gefährlich, wenn ich zu viel lache, da irgendwann die Wände instabil werden und einstürzen ...«

»Genug jetzt!«, unterbrach Perle Merle Xenos unwirsch. »Ich habe dich etwas gefragt und du lachst? Das ist mindestens ebenso unhöflich, wie mit Gegenständen zu werfen.«
»Bitte sei mir nicht böse, aber deine Antwort war zu drollig. Da musste ich einfach lachen.«
»Was gibt es denn da zu lachen?«
»Du erzähltest mir, die Leere sei dein größtes Leid. Nun, da hast du dein Unglück.« Perle Merle war perplex. »Und warum wird mir dann nicht das Glück zuteil? Warum hält mich diese unsagbare Leere noch immer fest im Griff!?«, rief er empört. »Woher soll ich das wissen?«, schnappte Xenos zurück. »Jeder Mensch wird durch etwas anderes glücklich. Vielleicht hat dein Unglück einen Haken?« Diese seltsame Logik verschlug Perle Merle die Sprache. Xenon fuhr indes unbeindruckt fort: »Wir können dein Unglück ja mal mit meinem Unglück vergleichen. Vielleicht finden wir so heraus, was mit deinem Unglück nicht in Ordnung ist. Allerdings müssen wir dafür in die Zeit meiner Jugend reisen. Wenn du mich vorsichtig aus der Mauer herauslöst, kann die Reise gleich losgehen.«
›*Von wegen, in die Jugend reisen*‹, dachte Perle Merle und lachte zynisch auf, ›*dieser kauzige Verblendstein tickt nicht ganz richtig. Der will sich doch nur wichtig machen. Verblendstein ... pah! von wegen. Blender würde besser zu ihm passen.*‹
»Das kommt gar nicht in Frage! Ich reise doch nicht mit einem Stein durch die Gegend, schon gar nicht mit einem Verblendstein. Da mache ich mich ja zum Gespött.« Wieder knirschte und bröckelte es, aber diesmal nicht, weil Xenos lachte, sondern weil er wütend war. »Ohhh ... Perle Merle, was bist du doch für ein arroganter Mensch. Meinst du, es macht mir Spaß, mich aus meiner vertrauten Umgebung zu lösen?! Das Reisen liegt nicht in meiner Natur. Eigentlich bleiben wir Steine an dem Ort, der uns vom Schicksal zugewiesen wurde. Dort verwittern wir in aller Ruhe und vergehen, wenn die Zeit gekommen ist. Das ist unsere Bestimmung, so fühlen wir uns glücklich. Jegliche Abweichung

bedeutet großes Unglück für uns. Vor langer Zeit ereignete sich genau so eine Katastrophe. Sie kam überraschend und war für mich derart schrecklich, dass ich auf der Stelle hätte sterben wollen. Und du hast mich mit deinem Unglück wieder daran erinnert. Also lass dir gesagt sein, die Reise dorthin zurück wird für mich sehr schmerzlich werden. Ich bin jedoch bereit dazu, weil sie für dich ein Gewinn sein könnte. Nur aus diesem Grund habe ich dir diesen Vorschlag unterbreitet.« Seine aufrichtigen Worte und das uneigenützige Angebot verfehlten ihre Wirkung nicht. Perle Merle fühlte, wie ihm die Schamesröte ins Gesicht schoss. Wie hatte er nur so unsensibel sein können? Xenos Gedanken mochten diffus und voller fixer Ideen sein, doch unterm Strich meinte er es herzlich gut mit ihm. Dafür nahm er nicht nur eine anstrengende Reise, sondern auch seelischen Schmerz in Kauf, wie er nun wusste. Sogleich entschuldigte sich Perle Merle bei Xenon für seine schroffen Worte. »Leider hat dein Plan einen Haken.« Perle Merle seufzte leise. »Wir können nicht in die Vergangenheit reisen. Mir werden Wünsche nur in der Gegenwart gewährt. Nicht, dass ich es nicht versucht hätte. Es gäbe so einiges in meiner Vergangenheit, das ich gern korrigiert hätte. Auch eine rosige Zukunft habe ich mir gewünscht. Leider vergebens. Somit können wir nicht in die Zeit deiner Jugend. Tut mir leid.« Für Perle Merle war die Angelegenheit damit erledigt, scheinbar sah Xenos das anders. »Wir werden dennoch reisen«, verkündete er im Brustton der Überzeugung. »Im Grunde ist es ganz einfach. Du musst dir Fantasie wünschen. Mit Fantasie können wir reisen, wohin wir möchten, egal, ob in die Vergangenheit oder in die Zukunft.« Perle Merle bezweifelte dies zwar, behielt das jedoch für sich und formulierte in Gedanken den Wunsch. ›*Soll Xenos nur machen*‹, ging es ihm dabei durch den Kopf, ›*schlimmer als auf dem Piratenschiff kann es nicht werden.*‹ Damit sollte Perle Merle richtig liegen. Xenos verlangte lediglich von ihm, die Augen zu schließen. Mit ungewohnt ruhiger Stimme begann Xenos zu reden: »Atme tief ein … und tief aus … tief ein … und tief aus. Du bist ruhig und entspannt. Die Gedanken ziehen davon ... Dein Kopf ist leer ... leer ... leer ... Und nun stell dir vor, du sitzt auf einer Bank. Die Bank steht inmitten eines Parks, umsäumt von herrschaftlichen Villen. Es ist Sommer. Die Sonne scheint und Bienen summen.« Und tatsächlich, Perle Merle sah sich auf einer Bank inmitten eines Parks sitzen. Es war sommerlich warm und die Bienen summten. »Schau dich nur um. Siehst du, ich bin ebenfalls hier.« Als Perle Merle neben sich schaute, lag dort Xenos. ›*Was die Leute wohl denken, wenn sie mich mit einem Verblendstein auf der Bank sitzen sähen?*‹ sinnierte Perle Merle. »Und? Was sagst du? Gefällt es dir hier?«, meldete sich dieser wieder. »Durchaus, das ist eine schöne Gegend«, stimmte Perle Merle zu. Ungeachtet der Tatsache, dass sich ja alles nur in seiner Phatasie abspielte, ließ er die Umgebung mit dem Blick eines Touristen, der alles Liebenswerte herausfiltert, auf sich wirken. »Siehst du die prächtige Villa dort? Das Haus mit der weiten Terrasse und dem grauen, schmiedeeisernen Zaun davor?« Perle Merle wusste direkt, von welchem Gebäude er sprach. Es verfügte über eine prunkvolle Fassade, in die große Fenster eingebaut waren. Die vier im Obergeschoss zogen seine Aufmerksamkeit auf sich, denn sie waren allesamt mit grünen Verblensteinen verziert. »Konzentriere dich auf das linke Fenster. Sieh genau hin! Gleich rechts neben der Fensterbank - das bin ich!«

Die Villa

Ein zuversichtlicher Morgen verdrängte beharrlich das dämmrige Zwielicht. Während der Wind sanft zwischen den Bäumen hindurchsäuselte, eilten bereits einige Menschen zügig durch den Park. Von der herrlichen Umgebung nahmen sie dabei kaum etwas wahr. Ihre Gedanken preschten voraus, dorthin, wo Verpflichtungen auf sie warteten. Nur wenige warfen einen flüchtigen Blick zu dem Mann auf der Parkbank, der wie gebannt in eine Richtung starrte, so, als wäre da sonst etwas. Hin und wieder bewegte er seinen Mund, doch außer einem Stein, der neben ihm lag, gab es niemanden, mit dem er sich hätte unterhalten können. Manch einer der Vorbeieilenden dachte, der Mann sei in ein Selbstgespräch vertieft, andere ertappten sich bei dem Wunsch, selbst ohne Verpflichtungen und Zeitdruck auf der Bank sitzen zu können. Doch wie gesagt: Ihre Blicke waren rein flüchtiger Natur. Eine kurzweilige Zerstreuung, bevor ihre Gedanken wieder vorauseilten, dorthin, wo Verpflichtungen auf sie warteten.

Xenos schwieg. Hielt kurz inne, wie jemand, der nach langer Zeit ein Bild aus seiner Jugend sah und zwischen Überraschung und Melancholie schwankte. »Du musst wissen«, durchbrach er irgendwann die Stille, »dass mich jeder hier Grünbold nennt. Ein schrulliger Name, ich weiß, einer von vielen. Doch nur dieser eine blieb. Weiterhin musst du wissen: Jedes der vier Fenster trägt einen besonderen Namen. Mein Fenster heißt zum Beispiel Morgenrot, da die frühen Sonnenstrahlen es als erstes erreichen. Nachtschwärmer, so wird das Fenster gleich daneben genannt. Ein junger Poet wohnt in dem Zimmer. Rezitiert und schreibt oft die ganze Nacht hindurch, bis in die frühen Morgenstunden. Es

folgt das Fenster Montag-viertel-nach-drei. Dieses Fenster wird nur montags zum Lüften geöffnet, genau um viertel nach drei. Und schließlich das vierte Fenster, ganz rechts. Dort wurden bereits zwei neue Fensterscheiben eingesetzt. Die erste Scheibe ging während des Großreinemachens entzwei. Gerüchten zufolge habe das Glas nichts getaugt und sei daher schon bei der kleinsten Belastung gesprungen. Die zweite Scheibe zertrümmerte ein Stein. Der Schuldige wurde jedoch nie ausfindig gemacht. Es wird gemunkelt, eine Eifersuchtsszene stecke dahinter. Na ja, wer weiß. Jedenfalls, als schließlich die dritte Scheibe eingesetzt wurde, hat irgendjemand das Fenster Neonatus genannt. Woher das Wort stammt, habe ich vergessen. Neugeboren soll es bedeuten.« Perle Merle musste lachen. »Ich wusste gar nicht, dass Verblendsteine solchermaßen poetisch sind.«
»Jaja, man unterschätzt uns«, ereiferte sich Xenos, der den gutmütigen Spott geflissentlich überhörte. »Nur weil wir so unscheinbar aussehen, bedeutet das nicht, dass wir keine Fantasie besitzen. Aber zurück zum Thema. Du siehst den Platz, an dem ich mich befinde? Genau vis-à-vis ziert meine Frau das Nachtschwärmer-Fenster.«
»Ach was, du bist verheiratet?!«, staunte Perle Merle. »Allerdings. Meine Frau wird Callidus gerufen, was soviel wie klug heißt. Und das ist sie auch, sowohl klug als auch weise und in der Literarur bewandert.« Perle Merle staunte nicht schlecht. »Deine Frau kann lesen?!« Überrascht blickte Perle Merle zu Xenos. »Nein, das vermag sie natürlich nicht, aber sie weiß gut zuzuhören. Hat der Poet ein Gedicht oder eine Geschichte geschrieben, liest er sich den Text stets laut vor und Callidus kann ihn hören. Und nicht nur das: Ihr ausgezeichnetes Gedächtnis, ihre zarte und liebliche Stimme erlauben es, auch mir davon zu erzählen.« Xenos schwieg kurz, dann schien er gedankenverloren nur für sich zu sprechen: »Wie oft sprach Callidus zu mir: ›Ach, mein lieber Grünbold, das Leben als Verblenstein ist doch wahrlich ein Glück. Wir haben alles, was sich unsereins nur wünschen kann.

Saubere Luft. Erfrischenden Regen. Wärmende Sonne. Den Blick ins Grüne. Aber das Wichtigste ist, wir haben uns!‹ Doch ich dummes Ding wusste unser Leben nicht zu schätzen. Der Neid fraß an meiner Seele. Einmal in der Woche wurden die Fensterscheiben mit einem feuchten Lederlappen geputzt. Vor Wonne fiebten und quitschten die Scheiben, was mir jedes Mal einen Stich versetzte. Wie müssen die Menschen die Fensterscheiben lieben, wenn sie sich derart Mühe mit ihnen machen? So wollte ich ebenfalls umsorgt werden. Leider wurden wir Verblendsteine nicht so verhätschelt. Die launische Sonne schien, wann und wie es ihr gerade passte. Und der Regen war kaum besser. Wir bekamen nur, was der Himmel uns freigiebig gab. Wie erwähnt, empfand Callidus das anders. Sie war vollauf zufrieden. Ich war es nicht, ich wollte mehr. Regen, Sonne. Ein Blick ins Grüne – pah, was war das schon!? Eine Selbstverständlichkeit für Verblendsteine. Aber nichts, rein gar nichts ist selbstverständlich. Und alles kann sich jederzeit ändern ...« Xenos verfiel in langes Schweigen. Auch Perle Merle schwieg. Was sollte er auch sagen? Diese Erinnerungen gehörten ganz allein Xenos.

Eine friedliche Stimmung lag über den Park. Die Sonne hatte sich endlich ihren Weg durch das graue Zwielicht gebahnt, und ihre wärmenden Strahlen schienen den hindurcheilenden Menschen die Geschwindigkeit zu nehmen. Gerade als Perle Merle überlegte, was denn nun noch kommen könnte, spach Xenos weiter: »Hmm, ja, wo war ich stehengeblieben?« Seine Stimme klang abwesend, als sei er soeben aus einem kurzen Dämmerschlaf erwacht. »Du meintest, alles könne sich jederzeit ändern«, antwortete Perle Merle, woraufhin sich Xenos räusperte. »Unsere Reise geht weiter, Perle Merle«, sprach Xenos mit überraschend fester Stimme. »Schließe nur wieder die Augen.« Er tat, wie ihm geheißen, und folgte erneut dem bekannten Ritual. »Atme tief ein ... und tief aus ... tief ein ... und tief aus. Du bist ruhig und entspannt. Die Gedanken ziehen davon ... Dein Kopf ist leer ...

leer ... leer ... Stell dir vor, du sitzt weiterhin auf dieser Bank. Der übermütige Herbstwind treibt sein Spiel. Blätter fallen von den Bäumen. Die Luft ist feucht und kühl. Du hältst wieder Ausschau nach der prächtigen Villa. Du weißt schon, das prächtige Haus mit der weiten Terrasse und dem grauen, schmiedeeisernen Zaun davor. Doch nichts davon kannst du entdecken. Stattdessen siehst du nur einen großen, hässlichen Trümmerberg.« Perle Merle sah die Blätter von den Bäumen fallen. Spürte die feuchte, kühle Herbstluft. Und tatsächlich, die prächtige Villa war nicht mehr zu sehen. Stattdessen türmte sich ein großer, häßlicher Trümmerberg in die Höhe, aus dem vereinzelt grauschwarze Rauchfahnen aufstiegen. »Ich ... ich verstehe nicht ...«, entfuhr es ihm. »Die Villa ...? Ich kann sie nirgends sehen.«

»Es gibt keine Villa mehr«, entgegnete Xenos. »Keine Terrasse mehr. Keinen Zaun. Nichts. Nur diesen Trümmerberg, das ist alles, was von der einstigen Pracht übrig geblieben ist.« War das gerade Xenos Stimme gewesen? Es musste so sein. Doch anders als zuvor klang er nun unbeteiligt, so, als ginge ihn das alles nichts mehr an. »Was ... was ist passiert?«, drängte Perle Merle nach einer Erklärung. »Mit der Abenddämmerung kam das Unglück. Es näherte sich mit leisem Summen, welches zu einem bedrohlichen, Unheil verkündenen Brummen anschwoll. Große, silberne Vögel kamen in einem riesigen Schwarm auf uns zugeflogen. Als sie direkt über uns waren, ließen sie etwas fallen. Mit einem ohrenbetäubenden Knallen krachten die metallenen Tropfen auf die Villa. Überall krachte, knirschte und klirrte es fürchterlich ... und dann verlor ich das Bewusstsein. Als ich wieder zu mir kam, war es stockfinster. Es dauerte eine ganze Weile, bis ich realisierte, dass ich unter Schutt begraben lag. Wie lange genau ich dort ausharren musste, kann ich nicht sagen. Irgendwann hörte ich schließlich Geräusche. Es scharrte und klopfte. Dann folgten Stimmen. Und plötzlich wurde es wieder hell. Ich wurde aufgehoben und von Hand zu Hand bis an den Straßenrand weitergereicht. Dort befreite man mich von Mörtelresten und legte

mich anschließend auf einen hohen Berg bereits gesäuberter Steine. Hoffnungsvoll sah ich mich um. Wo war Callidus? Callidus, meine liebe Frau? Während ich noch nach ihr Ausschau hielt, wurde ein mit zertrümmerten Steinen vollbeladener Wagen vorbeigeschoben. Ich hörte, wie sich zwei Männer unterhielten, dass diese nicht mehr gebraucht wurden. War es möglich? Befand sich Callidus unter jenen Steinen? ›Aber nein‹, beruhigte ich mich, ›sie ist klug und weise, sie wird sich sicherlich retten können.‹ Jedenfalls glaubte ich daran und glaube es auch heute noch. Sie lebt, ich weiß nicht wo, aber ich bin sicher, sie lebt irgendwo.« Xenos schwieg wieder. Derweil betrachte Perle Merle den Wagen mit den zertrümmerten Steinen vor sich genauer. Vielleicht konnte er Callidus entdecken. All der Schutt und die Trümmer berührten ihn. Wie gerne hätte er für Xenos alles wieder rückgängig gemacht und die prächtige Villa mit der weiten Terrasse und dem schmiedeeisernen Zaun wieder auferstehen lassen. Doch das war leider nicht möglich. »Der Rest ist schnell erzählt«, brach Xenos in seine Gedanken. »Bald schon wurde ich mit anderen Steinen in eine fremde Stadt transportiert. Wohnraum wurde dringend benötigt. Einfache Häuser, die schnell gebaut werden konnten. Schmuckvolle Verblendsteine interessierten niemanden mehr. Fensterumrandungen waren nicht nur zu kostspielig, sondern auch aus der Mode gekommen. Und so wurde ich umfunktioniert und zwischen die gängigen Mauersteine eingesetzt. Nun ja, alles ist im Wandel, das Unglück, das Glück und auch unsere Reise.«
Und ehe Perle Merle etwas entgegnen konnte, wurde er von Xenos ein weiteres Mal aufgefordert, die Augen zu schließen.

Glaube

Perle Merle tat wie ihm geheißen, worauf er das vertraute Ritual vernahm: »Atme tief ein ... und tief aus ... tief ein ... und tief aus ... Du bist ruhig und entspannt. Die Gedanken ziehen davon ... Dein Kopf ist leer ... leer ... leer ... Und nun stell dir vor, du befindest dich wieder in deinem Wohnzimmer. Du sitzt auf einem Stuhl und schaust auf die Wand. Dorthin, wo der Putz fehlt. Du siehst einen grün lasierten Verblendstein. Du siehst mich ... Nun öffne deine Augen.« Als Perle Merle die Augen öffnete, saß er in seinem Wohnzimmer und blickte zu Xenos. Er rieb sich die Augen, als wäre er aus einem tiefen Schlaf erwacht. »Willkommen zurück!«, begrüßte ihn ein fröhlicher Xenos. »Sag selbst, daheim ist es doch am schönsten, nicht wahr?!« Perle Merle wunderte sich, denn er verstand nicht, wie man sich darüber freuen konnte, sein Dasein unter all dem Putz zu fristen, wenn man zuvor eine prächtige Villa sein Zuhause nannte. »Wünscht du dir nicht dein altes Leben zurück? Die Villa, der Blick auf den Park? Callidus, deine Frau ...?«

»Hmm ... nun ...«, erwiderte der zögerlich. »Es gab eine Zeit, da hätte ich alles dafür gegeben. Nun nicht mehr und ich werde dir auch erklären, warum. Alles, was mir früher wichtig war, existiert nicht mehr. Ist entzwei- oder verlorengegangen. Und damit auch meine Gedanken und meine Empfindungen. Jetzt wirst du sagen, Gedanken und Empfindungen gehen nicht so ohne weiteres verloren. Ja, da hast du wohl recht. Doch wenn schlechte Gedanken und Empfindungen das Leben zur Qual machen, bedarf es neuer. Auf dich mag meine jetzige Daseinsform eher abschreckend wirken. Allerdings habe ich hier nicht nur eine Heimat, sondern auch meinen Frieden gefunden. Sämtliche Steine dieses Hauses sind heimatlos. Sie sind Gestrandete, dankbar dafür, noch eine Chance bekommen zu haben. Nach so einer Erfahrung denkt und fühlt man anders.«

»Mir ist etwas aufgefallen, auf das ich keine Antwort finde. Vielleicht kannst du mir dabei weiterhelfen«, warf Perle Merle ein.

»Nur zu! Ich bin ganz Ohr.« Perle Merle nickte. »Als du von deinem vorhergerigen Leben erzähltest, war deine Stimme voller Wehmut und Bedauern. Dann sahen wir die Trümmer. Callidus war verloren gegangen. Eine schreckliche Katastrophe. Dennoch schien dich dieses Unglück weniger zu schmerzen. Ist dem so?«

»Deine Frage ist leicht beantwortet«, sprach Xenos. »Als es mir gutging, war ich unzufrieden, ja, regelrecht unglücklich. Ich lebte in Fülle und dennoch fühlte ich mich leer. Ich war blind geworden, für all das Schöne um mich herum. Als wir zusammen auf der Parkbank saßen, wurde mir meine Unvernuft einmal mehr bewusst und erfüllte mich mit Wehmut. Das schreckliche Unglück, das folgte, kam aus heiterem Himmel. Ich hätte es nicht verhindern können. Es war Schicksal. Du kannst mir glauben, etwas zu bedauern, ist weitaus schlimmer, als ein unverschuldeter Schicksalsschlag.«

»Trifft das auch auf Callidus zu?«, entfuhr es Perle Merle unwillkürlich. Xenos antwortete nicht gleich. »Meine Gedanken sind wie tiefes, trübes Wasser – unberechenbar und unergründlich«, sprach er schließlich mit bedrückter, jedoch fester Stimme. »Wenn ich darin zu versinken drohe, kommt mir meine Fantasie zur Hilfe. Sie streckt mir ihre Hände entgegen und führt mich zu meiner lieben Callidus. Aus dem trüben Wasser wird dann ein kristallklarer, übermütig sprudelner Fluß. Callidus und ich reden und lachen, manchmal schweigen wir auch miteinander, als drehe sich die Welt nur um uns. Und diese Welt endet stets mit meiner Frage: ›Callidus geht es dir gut?‹ Worauf sie jedes Mal antwortet: ›Aber ja doch, Grünbold, ich bin bei dir. Und wenn ich bei dir bin, geht es mir gut.‹« Xenos schwieg kurz. »Lieber Perle Merle«, fuhr er fort, »es war schön, mit dir zu reisen. Alleine hätte ich nicht den Mut dazu gehabt. Dafür möchte ich dir danken! Für deine Geduld, dein Interesse, deine Anteilnahme. Bitte habe nun Verständnis, dass ich mich zurückziehen möchte. Ich bin müde. Würdest du mich wieder mit Putz bedecken? Denn eines ist gewiss: Der Putz ist unser Freund. Ein großer Stoiker, der uns die unruhige, eitle Welt auf Abstand hält. Lebe wohl, Perle Merle. Lebe wohl.«

Nachdem Perle Merle Xenos Wunsch entsprochen hatte, saß er noch längere Zeit auf dem Stuhl und hörte in die Stille hinein. Erstaunlich, wie viel Raum ein Stein, genauer gesagt ein Verblendstein, in seiner Gedankenwelt einnehmen konnte. Er würde Xenos Gesellschaft vermissen. So viel war gewiss. Perle Merle ließ sich das letzte Gespräch noch einmal durch den Kopf gehen. Xenos hatte recht, seine Art zu leben, war für Perle Merle eher abschreckend und nicht erstrebenswert. Ein Leben unter Putz konnte er sich beim besten Willen nicht vorstellen. Aber auch mit der Aussage, dass Glück für jeden etwas anderes bedeutet, lag Xenos richtig, was ihn zu einer anderen Frage brachte: ›*Wenn Xenos sein Glück an einem völlig unerwarteten Ort gefunden hatte, wo könnte er seinen Glücksort finden?*‹ Eine Antwort fand Perle Merle auch nach langer Grübelei nicht, doch sein Zusammentreffen mit Xenos war Schicksal gewesen. Oder doch Zufall? Aber Zufälle passierten doch nicht von allein … Und auf einmal hatte Perle Merle eine Idee. Er brauchte einen Globus! Geschwind wünschte er sich einen riesigen Globus, der augenblicklich mitten in seinem Wohnzimmer erschien. Bedächtig strich er mit den Fingern über die einzelnen Länder, begann den Globus zu drehen, erst langsam, dann immer schneller. Fasziniert beobachtete er, wie er sich um seine eigene Achse drehte. Irgendwann legte er seine Fingerspitze sanft auf die sich drehende Erde, bis sie schließlich zum Stillstand kam. Vorsichtig, als könne da sonst etwas erscheinen, hob Perle Merle den Finger. Rom, stand dort geschrieben. »Also dann«, murmelte Perle Merle mit einem zuversichtlichen Lächeln. »Auf nach Rom!«

6. Lucy

»Du kannst nicht negativ denken und Positives erwarten«, unterbrach ihn Lucy. »Glücklich bist du nur, wenn du dir vornimmst, glücklich zu sein.«

Campo de' Fiori

Jeden Morgen verwandelte sich der Campo de' Fiori in einen farbenfrohen Marktplatz. Umgeben von historischen Stadtpalästen boten unterschiedlichste Händler ihre Waren feil und der Duft unzähliger Köstlichkeiten erfüllte die Luft. Auf dem malerischen Markt gab es alles, was das Herz begehrte. Nicht nur Blumen oder frisches Obst und Gemüse, sondern auch Fleisch, Fisch, Gebäck und die verschiedensten Gewürze. Zudem fand man dort auch die typischen Spezialitäten der Mittelmeerküche. Zwischen den Ständen erklangen die unterschiedlichsten Sprachen. Denn nicht nur bei Touristen war der Markt beliebt, auch Einheimische kamen gerne her und hielten nach lokalen Köstlichkeiten Ausschau. Mediterranes Flair pur.

Etwas abseits, in eine Nische gelehnt, beobachtete Perle Merle das illustre Treiben. Seit nunmehr zwei Stunden weilte er auf dem Campo de' Fiori im Herzen Roms und wusste nicht so recht, was tun. Immerhin hatte er in der Zwischenzeit seine viel zu warme Kleidung gegen etwas Luftigeres getauscht. Eine Katze zog seine Aufmerksamkeit auf sich. Sie räkelte sich auf einem schäbigen Korbsessel, denn jemand nicht weit entfernt – vielleicht vier oder fünf Schritte – an die Hauswand gestellt hatte. Sie lag dort, gänzlich unbeeindruckt vom Treiben um sie herum, und leckte sich sorgfälltig ihr Fell, bevor sie wieder eine bequeme Position einnahm und in der wärmendenen Sonne friedlich vor sich hin döste. Zumindest schien das auf den ersten Blick so zu sein. Bei genauerer Betrachtung bemerkte man die spitz aufgerichteten Ohren, die sich fortwährend den sich ständig ändernden Geräuschquellen zuwendeten. Auch die Augen waren einen spaltbreit geöffnet. Gerade breit genug, um ringsum zwar alles zu registrieren, aber dennoch den Anschein eines friedfertigen Fellträgers zu wahren. ›*So eine Katze hat was beruhigendes*‹, dachte Perle Merle. ›*Ich sollte sie fragen, wie es ihr gelingt, in diesem Getümmel zu entspannen.*‹ Mit dem Wunsch, die Sprache der Katzen zu beherrschen, näherte er sich dem possierlichen Stubentiger. »Guten Tag, liebe Katze, wie geht es dir?« Die Katze riss überrascht die Augen auf und hielt natürlich nach einer anderen Katze Ausschau. »Entschuldige«, sagte Perle Merle und trat noch einen Schritt näher, »ich wollte dein Nickerchen nicht unterbrechen.« Die Katze blickte verblüfft zu Perle Merle und wusste nicht, ob sie das Weite suchen oder doch lieber abwarten sollte. Ihre Augen verengten sich wieder zu zwei schmalen Schlitzen. »Ich weiß nicht, was ich davon halten soll«, maunzte sie, »aber allem Anschein nach sprichst du meine Sprache.«

»Durchaus«, erwiderte Perle Merle, »und du musst auch keine Angst vor mir haben. Ich wollte nur wissen, wie du bei all dem Trubel so entspannt vor dich hin dösen kannst?« Die Katze musterte ihn noch immer misstrauisch. »Erklär du mir erstmal, wie es kommt, dass du Katzisch sprichst.« Perle Merle erzählte ihr, was es mit seinen Wünschen auf sich hatte. »Aha ... soso ... nun ja ...«, maunzte die Katze und nahm das wohl erstmal so hin. »Aber von Katzenetikette verstehst du anscheinend nichts.«

»Potzblitz, so etwas gibt es?«, staunte Perle Merle. »Aber gewiss doch, ein paar Dinge haben wir sogar von euch Menschen abgeschaut. Das meiste ist zwar purer Blödsinn, aber einiges hat sich als durchaus praktisch erwiesen. Sich gegenseitig vorstellen, zum Beispiel. Man muss schließlich wissen, mit wem man es zu tun hat. Ist das Gegenüber Freund oder Feind? Was folgt daraus, Angriff oder Flucht? Ich weiß, für menschliche Ohren klingt es, als würden wir uns lediglich anfauchen.« Das Fauchen, das darauf folgte, verstand Perle Merle problemlos. »Aha, du bist also das Fräulein Lucy, sehr erfreut. Mein Name ist Perle Merle«, schnurrte Perle Merle zurück, doch Lucy verzog das Gesicht. »Ich bin eine geborene Lucia, Lucia von Blandford. Alter Adel, du verstehst.« Nicht nur der Tonfall, sondern auch ihre Haltung und wie sie sich beinahe gleichgültig über die Pfote leckte, zeigte, dass Perle Merle wohl ein Fauxpas unterlaufen war. Als Perle Merle nur ein »So ...?!« über die Lippen kam, legte Lucy noch einen drauf: »Ich bin eine British Blue. Meine Vorfahren sind mit Wilhelm dem Eroberer nach England gekommen.« Ein wahrlich beeindruckender Stammbaum. »Und was machst du dann hier in Rom?« Perle Merle sah sie fragend an. »Das ist eine komplizierte Geschichte. Im Moment lebe ich eine Querstraße weiter direkt über dem Blumenladen »Fiori-fantastico« bei einem Philosphen. Doch nun zu dir. Erzähl mir doch bitte, was du in Rom verloren hast.«

»Ach, das ist ebenfalls eine komplizierte, regelrecht tragische Geschichte. Und ich bin mir sicher, sie wird dich langweilen.« Lucy legte ihren Kopf schief und sah ihn unverwandt an. »Der Kummer, der nicht spricht, nagt leise an dem Herzen, bis es bricht. Das ist ein Zitat von Shakespeare!«, schnurrte die Katze und Perle Merle war beeindruckt. »Wow, wo hast du das denn her?« Derart tiefgründige Gedanken hätte er von der Katze nicht erwartet. »Ich sagte ja bereits, ich lebe bei einem Philosophen, da schnappt man so allerlei auf. Was nicht heißt, dass es zu irgendetwas nutze ist. Mein Dosenöffner erzählt viel, wenn der Tag lang ist, kann aber kaum unsere Miete bezahlen.«

»Also, Lucia von Blandford ...«

»Du darfst mich Lucy nennen«, unterbach ihn Lucy schnurrend.

»Also Lucy, erstens sind wir ganz von meiner Frage abgekommen. Und zweitens erzähle ich dir gerne meine Geschichte, aber du musst mir dann auch deine erzählen.«

»Ist deine Geschichte lang?«

»Kommt darauf an, was du unter lang verstehst. Aber ein wenig Zeit musst du schon erübrigen.« Unwillkürlich schlug Lucy mit dem Schwanz. Scheinbar passte ihr etwas nicht in den Kram. »Nun ja ... gut, gut ...«, maunzte sie unschlüssig. »Deine Geschichte ist sicherlich spannend, also muss ich sie hören. Aber nicht jetzt. Die Sonne steht bereits hoch über Giordano[1], was bedeutet, es ist Mittag und eine Dose Huhn in Gelee erwartet mich. Mittwochs gibt es immer Huhn in Gelee. Sehr zu empfehlen. Heute Abend kannst du mir deine Geschichte erzählen. Wenn der Mond sich zeigt, triffst du mich im Colosseum. Ich werde dich dort erwarten.« Grazil sprang sie von dem alten Korbsessel. »Und lass mich bitte nicht zu lange warten«, maunzte sie. »Denn merke dir: ›Bester Beweis einer guten Erziehung ist die Pünktlichkeit‹ – Lessing.«

[1] Giordano Bruno (1548 – 1600) war ein italienischer Priester, Dichter, Mönch, Philosoph und Astronom. Seine Statue steht auf dem Campo de' Fiori.

Im Colosseum

Die sanfte Abenddämmerung brachte Gemütlichkeit und wie ein Weichzeichner hüllte sie den Campo de' Fiori mit all seinen Ständen in ein warmes Licht. Die laute Betriebsamkeit des Tages war abendlicher Beschaulichkeit gewichen. Das Leben hatte sich in die Weinlokale, Gaststätten und Pubs verlagert, die den Platz säumten. Man saß zusammen bei einem Glas Wein, dazu einige Leckerbissen der südländischen Küche. Dabei war es den Nachtschwärmern selbst überlassen, ob sie lieber gemütlich drinnen sitzen oder die einzigartige Stimmung unter freiem Himmel genießen wollten. Perle Merle sah in die aufziehende Dunkelheit hinauf. Mit ein wenig Glück blieb der Himmel klar und es würden sich schon bald der Mond und die Sterne zeigen.

Vom Campo de' Fiori bis zum Colosseum waren es zu Fuß nur neun Minuten. Schneller ging es mit dem Taxi, aber beides wäre keine Option für Perle Merle gewesen. Ein kurzer Wunsch, und schon war er dort, wo er sein wollte. Normalerweise. Diesmal geschah jedoch nichts. Warum, konnte er sich nicht erklären, und so setzte Perle Merle einen Fuß vor den anderen in Richtung Colosseum. Anfangs wunderte er sich noch über den unerfüllten Wunsch, doch je weiter er ging, desto mehr Details offenbarten sich ihm, die ihm andernfalls entgangen wären. Er begegnete Passanten, die ihm zulächelten. Zudem gab es etliche ehrwürdige Gebäude und elegante Schaufensterauslagen zu bestaunen. So ein abendlicher Spaziergang war durchaus nichts Besonderes, trotzdem überkam Perle Merle das Gefühl, dieser Streifzug würde seiner Leere ein Schnippchen schlagen. Zumindest fühlte er sich beschwingt wie seit langem nicht mehr. Was hatte Lucy gesagt? Wenn der Mond sich zeigt, solle er sich im Colosseum einfinden. Über das Colosseum hatte er schon einiges gehört. Es war uralt und soll einst als Amphitheater gedient haben. Unbarmherzige Tierhetzen und blutrünstige Gladiatorenkämpfe sollen dort stattgefunden haben. Was trieb Lucy nur an einen schaurigen Ort wie diesen? Vollkommen in seine Gedanken versunken, stand Perle Merle plötzlich vor der gewaltigen Ruine des Colosseums. Aus den Rundbögen strahlte Licht, doch die Eingänge waren um diese Zeit für Besucher geschlossen. Nicht so für Perle Merle. Der Wunsch formulierte sich beinahe von selbst und nur einen Wimpernschlag später stand er inmitten der Arena des antiken Amphitheaters. Allerdings löste sein plötzliches Erscheinen ein ohrenzerreißendes Geschrei aus. Eine große Anzahl Katzen flüchtete panisch und überaus lautstark in alle Richtungen. Noch bevor Perle Merlich wusste, wie ihm geschah, vernahm er die wohlbekannte Stimme von Lucy: »Liebe Freunde, kommt zurück und habt keine Angst. Das ist Perle Merle. Ein netter Mensch, der unsere Sprache spricht.« Sie drehte sich zu ihm und fixierte ihn sichtlich vorwurfsvoll. »Konntest du dich nicht mit vernehmbaren Schritten ankündigen? Sind weithin hörbare Schritte wirklich zu viel verlangt?! Außerdem kommst du zu früh!« Miss Lucys seidiges Fell glänzte im diffusen Mondlicht in verschieden silber-grauen Schattierungen. »Nun ja, hätte ich geahnt, in einem Katzenmeeting zu landen, hätte ich natürlich anders agiert«, rechtfertigte sich Perle Merle. Lucy sah ihn mit ihren bernsteinfarbenen Augen versöhnlich an, um dann leicht spöttisch in Richtung eines Abfallhaufens zu maunzen: »Der Furchtsame erschrickt vor der Gefahr, der Feige in ihr, der Mutige nach ihr. Das ist von Jean Paul.« Die Reaktion ließ nicht lange auf sich warten. »Was meinst du mit ›Der Furchtsame erschrickt vor der Gefahr‹?«, fauchte es hinter dem Abfallhaufen. »Ich bin nicht furchtsam, ich bin nur vorsichtig!« Perle Merle lugte neugierig in die Richtung, aus der die Stimme kam, konnte jedoch nichts erkennen. »Ach, Lorenzo«, spöttelte Lucy derweil weiter, »wer wird denn gleich so dünnhäutig reagieren. Das war nur ein dummer Spruch. Als heißer Anwärter auf mein Herz darfst du dich von so einer Lapalie doch nicht beirren lassen. Und überhaupt, möchtest du dich unserem Gast nicht vorstellen?!« Es raschelte und ein misstrauisch dreinblickender Maine Coon kam hinter dem Abfallhaufen hervor. Zögerlich und in gebührendem Abstand blieb er vor Perle Merle stehen. »Lorenzo!«, fauchte er patzig und, als wäre Lorenzo das Codewort, traten plötzlich wie auf Kommando weitere Katzen fauchend hervor. Wenn er es richtig verstand, stellten sie sich als Giovanni, Tommaso, Leonardo, Alessandro, Ludovica, Francesca, Aurora und Sofia vor. Er hoffte, niemanden vergessen zu haben. Obwohl er nicht besonders versiert im Umgang mit Katzen war, erkannte er unter ihnen Perser-, Siam-, Somali-, Burma- und Abessinerkatzen. Andere konnte er nicht klar benennen. Allerdings fiel ihm auf, dass es tatsächlich einen Unterschied in der Art gab, wie sich die einzelnen Felltiger vorstellten. ›*Das hatte Miss Lucy vorhin also mit Etikette gemeint*‹, schoss es ihm durch den Kopf, als sich der letzte Kater vor ihm aufbaute. »Matteo!«, fauchte der pummlige Ragdoll-Kater, dem ein Auge fehlte. »Schweizer Staatsbürger. Zur Zeit auf Bildungsreise. Gelegentlich Schiedsrichter«, informierte er Perle Merle in schnellem Stakkato. »Schiedsrichter von was?«, fragte Perle Merle amüsiert. Matteos verbliebenes Auge funkelte listig. Mit einer pathetischen Geste verwies er in die Runde. »Hier, wo dereinst Gladiatoren um die Gunst des Publikums kämpften, stehen sich gleich Signore Lorenzo und Signore Tiziano gegenüber. Der Gewinner darf um die Pfote von Miss Lucy anhalten.« Aus zahlreichen Katzenkehlen erklang gleichzeitig zustimmendes Fauchen. Nur Lucy selbst stimmte nicht mit ein. Sie schubberte sich erregt an Perle Merles Beinen. »Ich kann Tiziano nirgends erblicken«, maunzte sie unruhig. »Wo bleibt er nur?« Davon schien Matteo nichts mitbekommen zu haben. Kraft seines Amtes gab er die ersten Anweisungen: »Wertes Publikum, bitte bildet einen Kreis und macht Platz für unsere tapferen Streiter.« Die besten Plätze lagen im Inneren des Kreises und waren begrenzt, weshalb sofort ein geräuschintensives Gerangel um die begehrten Plätze entbrannte. Es dauerte eine ganze Weile, bis sich der Tumult legte und die Unterlegenen sich in die zweite Reihe zurückzogen. Perle Merle hatte direkt einen Platz außerhalb des Kreises gewählt und auch Lucy war den Reibereien ferngeblieben. »Ich kann Tiziano nirgendwo sehen«, maunzte Lucy besorgt und wich Perle Merle nicht von der Seite. »Ob ihm etwas zugestoßen ist?«

»Wie sieht dein Tiziano denn aus?«, fragte Perle Merle. »Oh, einfach fantastisch! Er hat aschfarbenes Fell, strahlend grüne Augen und äußerst imposante Schnurrhaare. Sein linkes Ohr sieht ein wenig mitgenommen aus, aber das lässt ihn nur um so verwegener wirken.« Lucy kam ins Schwärmen: »Tiziano ist ein Entdecker. Ein Lebenskünstler. Ein echter Draufgänger. Einer, der für mich seine letzte Maus hergeben, ach, was rede ich da, sein Leben für mich opfern würde.« Perle Merle schmunzelte in sich hinein. Wieder überkam ihn dieses angenehme Gefühl, das er während des Spazierganges verspürt hatte. »Nun, dann gib mal gut acht - Lucia von Blandford ...«, verkündete Perle Merle verheißungsvoll und plötzlich lag ein aschfarbener Kater mit grünen Augen, langen Schnurrhaaren und ausgefranztem Ohr neben Lucy. Seine Augen waren geschlossen, der Atem ruhig, das Gesicht friedlich. Allem Anschein nach schlief er. »Tiziano!«, fauchte Lucy mehr empört, als überrascht. »Tiziano!!« Sie stubste ihn energisch mit der Nase. »Wach auf!« Erschrocken riss Tiziano die Augen auf. »Wo ... wo bin ich? Was ...? Wieso ...? Lucy ...?! Um Himmels willen, ich habe verschlafen!«

»Ach nein, was du nicht sagst! Darüber reden wir später. Jetzt wird es ernst, hörst du!«, fauchte Lucy ungehalten, fügte jedoch in nachsichtigerem Ton hinzu: »Bist du in Ordnung? Geht es dir gut?« Was er antwortete, bekam Perle Merle nicht mit, denn Matteo saß behäbig in der Mitte des Kreises und maunzte so laut er nur konnte: »Ich bitte nun die beiden Senori Laurenzo und Tiziano zu mir!« Laurenzo kam von der einen, Tiziano von der anderen Seite. Kurz vor Matteo blieben sie einander seitlich zugewandt stehen und musterten sich. Ihre Pupillen waren stark erweitert, die Ohren bei beiden nach hinten angelegt. Um größer und bedrohlicher zu wirken, hatten sie das Fell gesträubt und peitschten nun mit ihren buschigen Schwänzen in rascher Folge auf den Boden. »Werdet ihr fair und mutig kämpfen?«, fragte Matteo. Das angespannte Fauchen konnte als »Ja« gedeutet werden. »Möge der Bessere gewinnen!« Als Matteo die linke Pfote hob, ging plötzlich alles ganz schnell. Die beiden Kontrahenten sprangen unerbittlich fauchend aufeinander zu und verteilten im Klammergriff abwechselnd Pfotenhiebe, sodass Fellfetzen flogen. Das Publikum war extrem erregt. Jeder hatte seinen Favoriten. Die einen feuerten Laurenzo, die anderen Tiziano an. Der Kampf wogte hin und her, schwer zu sagen, wer im Vorteil war. Mal schien Laurenzo, mal Tiziano die Oberhand zu gewinnen. Inzwischen hatten sich beide zu einem Knäuel verkrallt. Auf einmal schien sich das Blatt jedoch gegen Tiziano zu wenden. Er strauchelte und fiel auf den Rücken, was für entsetztes Maunzen unter den Tiziano-Anhängern sorgte, von der Laurenzo-Fraktion allerdings bejubelt wurde. Der Sieg schien gewiss. Doch es kam anders. Als Laurenzo sich siegessicher auf den vermeintlich schutzlosen Tiziano stürzen wollte, wurde er nicht nur von zwei nadelspitzen Fangzähnen empfangen, sondern es streckten sich ihm auch die rasierklingenscharfen Krallen von Tizianos vier Pfoten entgegen. Zu spät erkannte Lorenzo, dass er in eine Falle getappt war. Also blieb ihm nur der Rückzug, zumindest, wenn er keine ernssthaften Verletzungen davontragen wollte. Und so wendete er sich ab und verließ als geschlagener Kater mit gesenktem Kopf lautlos die Arena. Was dem einen Leid, ist des anderen Freud. »Der Gewinner im Kampf um Miss Lucys Pfote heißt - Tiziano!«, verkündete Matteo nun auch offiziell das Ergebnis. »Bravo! Bravo!«, erklang es nun aus sämtlichen Katzenkehlen, »Molto bene, Tiziano!«. Selbst der Lorenzo-Fanblock ließ sich von der allgemeinen Begeisterung mitreißen. Eine kaprizöse Perserdame aus

gutem Hause bekannte, sich in dem aschfarbenen Straßenkater geirrt zu haben, und beteuerte, sie hätte nicht einmal das kleinste Leckerli auf den Vagabunden gewettet. »Aber so ist es nun einmal«, maunzte sie ihrer Nachbarin, einer älteren Somali zu. »Liebe versetzt Berge.«
»Jaja«, konterte diese verschmitzt. »Doch ohne Berge, auch keine Liebe.« So gingen die allgemeinen Diskussionen hin und her, bis sich die Veranstaltung schließlich auflöste.
Es wurde ruhig im Colosseum. Zurück blieben nur eine vor Stolz strotzende Miss Lucy, ein abgekämpfter, aber überglücklicher Tiziano und Perle Merle. »Gehen wir nach Hause?«, maunzte Lucy irgendwann dann aber doch. »Ja, das wollte ich auch gerade vorschlagen.« Tiziano rieb seinen Kopf verliebt an dem seiner Angebeteten, doch da schien ihm etwas einzufallen. Er hielt inne. »Wolltest du nicht noch etwas mit mir bereden? Wegen verschlafen und so ...?« Lucy sah ihn aus ihren bernsteinfarbenen Augen liebevoll an und schnurrte sanft: »Wir vergeben, solange wir lieben – La Rochefoucauld.«

Mäuse fliegen nicht!

In den frühen Morgenstunden, zwischen Nacht und Dämmerung, sind die Straßen Roms noch ruhig. Die wenigen Passanten, die um diese Uhrzeit unterwegs sind, zeigen meist wenig Sinn für die Stimmung der erwachenden Stadt. Die Kragen hochgeschlagen, den Blick unbeirrt geradeaus gerichtet, fiel ihnen der Mann nicht auf, der ruhig schlendernd alle Zeit der Welt zu haben schien. Zwei Katzen begleiteten ihn. Die eine grau, die andere aschfarben ...

»Entschuldigt mich bitte, ich habe noch etwas Dringendes zu erledigen«, erklärte Tiziano auf einmal und entschwand unversehens in eine der schmalen Seitenstraßen. Lucy schien das nicht weiter zu stören. »Nun, Perle Merle, jetzt habe ich Zeit, mir deine tragische Geschichte anzuhören«, maunzte sie und warf ihm einen schelmischen Seitenblick zu. »Ich hoffe, sie ist nicht gar zu anspruchsvoll?!« Perle Merle musste lachen, Lucy schien ein ausgezeichnetes Gedächtnis zu haben. Ja, so ähnlich hatte er seine Geschichte beschrieben. »Du brauchst gar nicht so zu spötteln. Wenn du meine Geschichte hörst, wirst du mir recht geben. Also ...« Und so erzählte Perle Merle. Von seinen erfolglosen Anfängen als Zauberkünstler, dem Zirkus ALADIN, seinem Freund Pesce und wie sich die Dinge änderten, als er sich auf einmal alles wünschen konnte. Natürlich ließ er auch die skurrilen Erlebnisse als Piratenkapitän und die wundersame Reise mit Xenos nicht aus. Selbst von seiner rätselhaften Leere, die ihn seit einiger Zeit quälte, berichtete er. »Was nutzt es, mir alles wünschen zu können, wenn mich nichts erfreut und ich kein Glück habe?« Perle Merle seufzte schwer. Lucy hatte aufmerksam zugehört. »Ich weiß nicht, was du hast. Alles wunderbar, geradezu überwältigend«, erwiderte Lucy und Perle Merle konnte das Unverständnis aus ihren Worten deutlich heraushören. »Ihr Menschen wollt doch ständig herumreisen, von einem schönen Ort zum nächsten, mal hier, mal dort nippen. Lückenlos sollen sich schöne, aufregende Dinge aneinanderreihen. Passiert das nicht, so lamentiert ihr rum. Und diese Leere …? Tja, was mich betrifft, ich bin ganz gern mal ›leer‹, wie du es nennst. In der Sonne liegen, nichts tun, nichts denken – so leer wie ein ausgeschleckter Fressnapf. Herrlich.« Mit diesen Argumenten wusste nun Perle Merle nichts anzufangen. »Das muss eine andere Art Leere sein. Meine Leere macht mir Angst. Ich verabscheue sie. Ich hasse sie. Ich …«

»Du kannst nicht negativ denken und Positives erwarten,« unterbrach ihn Lucy. »Glücklich bist du nur, wenn du dir auch vornimmst, glücklich zu sein.« Perle Merle wusste nicht, ob er verwundert oder genervt sein sollte. Gewiss hatte sie diese Ansichten von ihrem Philosophen aufgeschnappt. »Sind wir doch mal ehrlich«, maunzte Lucy unbeirrt weiter, »mal ist schönes, mal schlechtes Wetter. Mal gibt es eine Woche lang Trockenfutter. Mal bin ich tagelang einfach nur faul. Na und! Papperlapapp! Wenn es so ist, dann ist es eben so. Wichtig ist, was ich daraus mache …« Wer weiß, was Lucy noch so zum Besten gegeben hätte, wäre ihnen in dem Moment nicht ein Mäuschen leichtfertig über den Weg gelaufen. Nun war's vorbei mit den Lucy-Weisheiten. Aus der Philosphin wurde schlagartig eine unerbittliche Jägerin, deren Fokus darauf lag, die Maus zu fangen. Doch diese floh instinktiv in die Dunkelheit. Lucy setzte ihr nach. Vor einer Mauernische, in der ein Löchlein prangte, gerade groß genug, um eine Maus darin verschwinden zu lassen, blieb sie stehen. »Mist!«, fauchte Lucy und starrte mit funkelnden Augen in das Loch. Perle Merle lachte. »Ich kann dir die Maus aus dem Loch wünschen, direkt vor deine Pfoten.«

»Das ist ja langweilig, wo bleibt da der Spaß?«, maunzte Lucy missmutig und leckte sich das Fell. Plötzlich schien ihr etwas ein-

zufallen. »Aber da wir schon beim Wünschen sind: Ich würde gerne fliegen können.«
»Mäuse fliegen nicht«, erwiderte Perle Merle stirnrunzelnd.
»Wer hat etwas von Mäusen gesagt?«
»Ahh - verstehe, du möchtest den funkelnden Sternen näher sein«, mutmaßte Perle Merle. »Kann man Sterne denn fressen?« Eine Mischung aus Skepsis und Neugier lag in Miss Lucys Stimme. »Wo denkst du hin? Sterne sind ungenießbar«
»Dann habe ich kein Interesse. Merke dir: Fressen, spielen und schlafen, das sind die Argumente, mit denen du mich in Stimmung bringst.«
»Was treibt dich dann in die Luft?!« Lucys Augen funkelten unternehmungslustig. »Vögel können fliegen. Ich kann das nicht. Darum!« ›*Daher weht also der Wind*‹, dachte Perle Merle. Den Braten würde er ihr versalzen, was er ihr aber nicht auf die Nase binden wollte. »Nun gut, den Wunsch kann ich dir erfüllen. Pass auf, gleich unternehmen wir einen Probeflug.« Wie von unsichtbaren Händen hinaufgetragen, schwebten Lucy und Perle Merle nun hoch über Rom. Sich etwas vorstellen und es dann erfahren, waren zwei unterschiedliche paar Schuhe, das dies Lucy in diesem Moment bewusst wurde, konnte Perle Merle ihr deutlich ansehen. Kein Wunder, aus dieser Höhe wirkte alles irgendwie befremdlich, selbst für ihn. Wie musste das erst für eine Katze sein? Die Straßen zogen sich wie Schnürsenkel um winzige Gebäude. Selbst das Colosseum wirkte nicht größer als ein Ei. Unter diesen Umständen war eine Maus quasi unsichtbar. »Brrr, ist das kalt hier oben. Der Blick in den Himmel war bei weitem angenehmer«, klagte Lucy und Perle Merle hatte den Eindruck, sie war deutlich blasser um die Nasenspitze als noch vor wenigen Minuten. »Mir ist speiübel. Ich möchte wieder festen Boden unter den Pfoten haben. Bitte, bring mich auf die Erde zurück.« Das klägliche Maunzen der sonst so souverän wirkenden Katze, ließ Perle Merle in sich hinein schmunzeln. Sein Plan war aufgegangen. Zumindest dieser kleinen Fellnase war die Lust, Vögeln in der Luft

zu folgen, ein für alle Mal vergangen. Die Pipmatze würden es ihm danken. Sobald sie wieder festen Boden unter den Pfoten hatte, streckte und dehnte Lucy ausgiebig ihre steifen Glieder. Doch der Schrecken war scheinbar nur von kurzer Dauer, denn erhobenen Hauptes erklärte sie: »Nun ja, Schwamm drüber. Einmal mehr eine besondere Erfahrung in meinem Leben!« Perle Merle konnte sich ein schadenfrohes Frotzeln nicht verkneifen. »Wer hätte gedacht, das Katzen neugierig auf Erfahrungen sind?« Die Retourkutsche kam prompt. »Was ist schlecht daran? Lieber Erfahrungen, als unzufriedene Gedanken sammeln – oder, werter Herr Perle Merle!?« Dieser Punkt ging an Miss Lucy. Gleichwohl mochte Perle Merle sie. Vielleicht gerade weil sie aus allem das Beste zu machen pflegte.

Noch über dies und das redend, schlenderteten sie zum Campo de' Fiori, der noch im tiefen Dornrößchenschlaf lag. Sie näherten sich dem Blumenladen »Fiori-fantastico«. Lucy meinte, sie habe nun großen Hunger und freue sich auf ihren Fressnapf. »Die Wohnung mit einem Dosenöffner zu teilen, hat durchaus Vorteile. Einer davon ist, nicht jeder mageren Maus hinterherrennen zu müssen.« Wie zur Bestätigung drang aus einer dunklen Ecke ein eindringliches Maunzen, das verdächtig nach Tiziano klang. Wie hypnotisiert blieb Lucy stehen. Wieder maunzte es, diesmal jedoch war die tiefe Sehnsucht, die darin mitschwang, beinahe greifbar. Lucy wandte sich zögernd Perle Merle zu. Ihre geweiteten kohlrabenschwarzen Pupillen drängten das Bernstein ihrer Augen zu einem schmalen Ring zurück. »Mein lieber Perle Merle, hier trennen sich nun unsere Wege. Ich muss dir Lebewohl sagen.« Das kam überraschend. »Was ist mit deinem Fressnapf, der auf dich wartet?«, fragte Perle Merle perplex. »Es gibt Wichtigeres«, schnurrte Lucy vielsagend. »Was kann es Wichtigeres für dich geben als fressen, spielen und schlafen? Deine Worte, nicht meine.« Lucys Augen funkelten, als würde ein inneres Feuer diese zum Glühen bringen: »Oh, dann habe ich wohl das

Wichtigste vergessen: die Liebe! Nur wenn ich liebe, bin ich glücklich. Und bin ich glücklich, liebe ich.« Wie zur Bestätigung ertönte ein langezogener Maunzer aus der Toreinfahrt. Lucy ging ruhig, aber entschlossen in diese Richtung. Bevor sie in die Dunkelheit eintauchte, blieb sie noch einmal kurz stehen.
»Abschiedsworte müssen kurz sein wie Liebserklärungen. Theodor Fontane.« Dann war sie verschwunden. Perle Merle blickte ihr mit einem Ausdruck aus Wehmut und Wohlwollen nach. Er musste sich eingestehen, dass ihm die Gesellschaft seiner unbekümmert vor sich hin maunzenden Philosophenfellnase fehlen würde. Allerdings war er sich nicht ganz sicher, ob Lucys Geschichte der Wahrheit entsprach. Vielleicht waren sowohl die Abstammung von Wilhelm dem Eroberer als auch der Name Lucia von Blandford nur erfunden. Doch spielte das eine Rolle? Nein! Wie hatte Lucy gesagt: Wenn es so ist, dann ist es eben so. Wichtig ist, was man daraus macht. Tja, was machte Perle Merle nun aus dieser Geschichte? Von fern war der Schlag einer Turmglocke zu hören. Sechsmal tönte der vertraute Klang. Perle Merle schaute über den Campo de' Fiori und beschloß, ihn ein letztes Mal zu besuchen. Vielleicht führte ihn sein Weg auch rein zufällig an dem schäbigen Korbsessel vorbei, der einer attraktiven Katzendame als Ruheplatzt diente – wohl wissend, dass er sie dort nicht antreffen würde.

7. Intermezzo

»Manche Aufgaben und Fragen sind mit
dem Verstand nicht zu lösen. Ist man aber
offen und frei, wie es Kinder sind, passiert
etwas Wunderbares. Dann spüren wir,
gehen in Resonanz mit der magischen
Schwingung, welcher jeder Frage
innewohnt. Es ist nicht wichtig,
Antworten zu haben, solange wir
ihren wahren Kern fühlen.«

Pension Kastanienhof

»Es ist spät geworden. Machen wir morgen weiter?« Die Frage holte mich übergangslos auf die Parkbank zurück. Loko lächelte mich von der Seite an. Es dämmerte bereits. Wollte ich nicht im Dunkeln aufbrechen, musste jetzt Schluss sein. Und Morgen war schließlich auch noch ein Tag. Morgen? ›Ach herrje, da werde ich im Zug sitzen und die Heimreise antreten.‹ Loko schmunzelte. »Nun, ich werde hier sein und auf Sie warten.« Wieder einmal schien er meine Gedanken gelesen zu haben und seinem Lächeln nach stand es für ihn wohl außer Frage, dass ich mich ebenfalls einfinden würde. Ich murmelte ein zurückhaltendes »Danke« und »Vielleicht« und verabschiedete mich.

Nach einigen Minuten wurde mir bewusst, dass ich wahllos eine Richtung eingeschlagen hatte. Dabei hieß mein Ziel doch Pension Kastanienhof, nicht Wolkenkuckucksheim. Typisch, dachte ich, ohne mich weiter darauf einzulassen. Glücklicherweise kannte die erstbeste Person, der ich begegnete, den Kastanienhof, und konnte mir erfreulicherweise auch den Weg dorthin erklären. Die Pension lag nur eine knappe Viertelstunde Fußmarsch entfernt, gegenüber des Monbijouparks. Eile war also nicht geboten. Und so schlenderte ich gedankenverloren meinem Ziel entgegen. Wieder musste ich an Loko denken. Was hatte er prophezeit? Die Geschichte würde etwas mit mir machen. Nun, ich konnte keine Veränderung an mir feststellen. Gewiss, die Geschichte war recht kurzweilig gewesen - mehr aber auch nicht. So gesehen bestand also kein Grund, das Angebot weiterer Geschichten in Anspruch zu nehmen.

Die Pension Kastanienhof machte ihrem Namen alle Ehre. Zierliche Kastanienbäumchen rahmten nicht nur den Eingang, sondern gaben auch dem Innenhof einen ganz perösnlichen Flair. Mein Zimmer war zwar spärlich möbliert, hatte dafür aber Blick auf den Park. Das Angebot auf der Speisekarte der hauseigenen Gastwirtschaft versprach solide Hausmannskost. Das Essen war vorzüglich. Nachdem mein Appetit gestillt war und ich mir noch einen Schoppen Rotwein gegönnt hatte, forderte Morpheus sein Recht. Für gewöhnlich pflegte ich vor dem Einschlafen noch einige Seiten zu lesen, doch leider hatte ich meine Lektüre vergessen. Ich wollte schon sang- und klanglos das Licht löschen, als ich unter dem Nachtisch schemenhaft ein Buch entdeckte.

Etwas ungelenk hangelte ich mich aus dem Bett und fischte nach dem Buch. Schließlich hielt ich ein kleines Buch, das in eine Jackentasche passen würde, in Händen. Ein schlichtes Büchlein mit grünem Einband, allerdings ohne einen Buchtitel. Auch im Inneren erwartete mich eine Überraschung: Die ersten Seiten waren zwar durchnummeriert, ansonsten aber komplett unbedruckt. Erst ab etwa der Mitte des Buches fanden sich vereinzelt Buchstaben. Ich blätterte weiter und irgendwann folgten Wörter, auf den letzten Seiten sogar einige Sätze. Wobei weder die Worte noch die Sätze irgendeinen Sinn ergaben. Sie schienen beliebig gesetzt. Auf der letzten Seite dieses kryptischen Buches wartete eine weitere Überraschung: eine Anleitung. Oder doch eine Aufforderung? Jedenfalls standen dort drei Dinge, die man tun sollte:

Fliege über's Haus
Atme deinen Atem
Lache mit der Zeit

Es folgte eine sonderbare Frage:

> Welchen Klang hat Dein Leben?

Zu guter Letzt fand sich schließlich der Hinweis:

> Sobald du die Aufgaben erfüllt und die Frage beantwortet hast, reiche das Buch weiter oder lege es an einen öffentlichen, leicht zugänglichen Platz. Andernfalls, lies es noch einmal.

Ha, dass ich nicht lache. In dem Buch stand ja nichts. Was also sollte bitteschön gelesen werden? Leere Seiten? Kryptische Wörter und Sätze? »Fliege über's Haus ...« Welch paradoxe Aufgabe! Was mich betraf, ich besaß weder ein Haus, noch konnte ich fliegen. Mit anderen Worten, jemand musste sich einen Scherz erlaubt haben. Andererseits könnte aber auch mehr dahinterstecken ... Das mysteriöse Rätsel weckte nun doch meine Neugier. Vielleicht mussten die Worte und Sätze rückwärts gelesen werden. Oder im Buchdeckel war eine Art doppelter Boden mit der Auflösung versteckt. Eventuell war das Buch auch mit unsichbarer Tinte geschrieben worden, die nur unter Kerzenlicht sichtbar wurde. Ich erinnerte mich an einige angestaubte Detektivgeschichten und probierte sämtliche Tricks aus, die mir einfielen, aber das Resultat blieb immer dasselbe: Das geheimnisvolle Buch, ließ sich weder lesen noch verstehen. Sehr seltsam. Ich legte mich zurück und schloss die Augen. Vielleicht verhalf mir mein schläfriger Dämmerzustand zu einer schlüssigen Idee. Doch einzig Morpheus kam auf sanften Sohlen, in dessen Armen meine Grübeleien unmerklich ins Reich der Träume eingingen.

Monbijoupark

Bereits zwei Stunden, bevor der Wecker klingelte, wachte ich auf. Es war noch früh am Morgen und ich erinnerte mich, ich hatte intensiv geträumt, wusste jedoch nicht mehr, von was. War es die Begegnung mit Loko? Oder waren es Lucys Weisheiten? Gar Xenos' Schicksal? Vielleicht auch von allem etwas? Überraschenderweise hielt ich das Buch, gleich einem schutzbedürftigen Kleinod, noch immer fest umklammert. Sei es, wie es sei, jedenfall verspürte ich keinerlei Lust mehr, länger im Bett zu verweilen. Mein Zug ging am Nachmittag. Genügend Zeit also, um gemächlich meine wenigen Habseligkeiten zu packen, gemütlich auszuchecken und vielleicht noch dieses oder jenes in der Stadt anzusehen.

Erfreulicherweise war der Frühstücksraum bereits eingedeckt. Bis auf einen weiteren Frühaufsteher, der sich an dem reichhaltigen Frühstücksbuffet bediente, war nichts los. Ich wählte einen Tisch etwas Abseits. Und so saßen wir, jeder für sich, und aßen schweigsam. Im Gegensatz zu dem anderen Hotelgast war mein Appetit jedoch eher mäßig. Mir fiel auf, dass er hin und wieder zu mir rüberschaute, als wolle er mich mit seinem Blick dazu ermutigen, das üppige Angebot in Anspruch zu nehmen. Mich bewegten jedoch andere Gedanken. Was sollte ich mit der verbleibenden Zeit bis zur Abfahrt anstellen? Im Zimmer oder gar in der Gastwirtschaft verweilen? Ein Stadtbummel? Oder ein Museumsbesuch?
Letztlich wurde es nichts von alledem. Nach dem Check-out zog es mich geradewegs zum Monbijoupark. Der vielen Gedanken müde, sehnte ich mich nach einem friedlichen und zugleich beschaulichen Ort, um mich nach Lust und Laune treiben zu lassen.

Der Park war ein vernachlässigtes Kleinod mit einem pittoresken Teich in der Mitte. Ringsherum standen etliche Bänke, die auf Besucher wie mich warteten. Ich setzte mich und blickte gelassen auf das Wasser. Auf einem herausragenden Pflanzenstengel hatte sich gut sichtbar eine imposante Königslibelle niedergelassen. Ihren zwei riesigen Facettenaugen schien nichts zu entgehen. Sicherlich hatte sie mich auch schon im Visier. Was ging in so einem Libellenkopf wohl vor? Vielleicht befürchtete sie, dass ich etwas im Schilde führen könnte? Oder führte sie gar etwas im Schilde? Ich hatte den Gedanken kaum zu Ende gebracht, da flog die Libelle auch schon davon. Zurück blieben lediglich ein sanfter Wind, der flötende Gesang einer Amsel und ein in sich ruhender Claudius Wachsbrenner. Die friedlich-harmonische Atmosphäre tat mir gut. Ein Momentum, das mich weder bedrängte, noch meine Gedanken erregte. So saß ich für längere Zeit. ›*Ich bin ganz gern mal* leer. *In der Sonne liegen, nichts tun, nichts denken – so leer wie ein ausgeschleckter Fressnapf.*‹ Lucys Worte kamen mir in den Sinn, zusammen mit einer scheuen Ahnung, wie diese gemeint sein könnten. Aus Gewohnheit griff ich in meine Jackentasche und fühlte … ein Buch. Das mysteriöse Buch von gestern Abend. Ich musste es unbewusst eingesteckt haben. Unwillkürlich schob sich die Frage der letzten Seite in mein Bewusstsein: Welchen Klang hat Dein Leben?

Noch immer hatte ich keine Antwort darauf. Dafür wusste ich plötzlich etwas anderes. Einem Impuls folgend, der mich schon zu Loko und jetzt auch in den Monbijoupark getrieben hatte, nahm ich mein Handy zur Hand, wählte die Servicenummer der Bahn und verschob meine Rückreise.

Es geht weiter

Als ich mich der Parkbank näherte, fiel mir sofort auf, dass die Litfaßsäule mit neuen Plaken beklebt war und Loko seine dunkle Brille nicht mehr trug. Schon von Weitem winkte mir Loko zu und rief: »Sie kommen gerade zur rechten Zeit. Der Plakatkleber ist soeben fertig geworden. Wir sind also unter uns!« Sobald ich Loko erreichte, streckte er mir seine Hand entgegen. »Bitte entschuldigen Sie, dass ich sitzen bleibe, leider macht mein Rücken heute Sperenzchen. Aber schön, dass Sie es einrichten konnten.« Ich setzte mich neben ihn und erklärte frei heraus, dass ich das eigentlich nicht vorgehabt hatte zu kommen und mich erst spontan dazu entschlossen hätte. »Und was hat Sie letztlich umgestimmt?«, erkundigte sich Loko, der mich mit leuchtenden dunkelgrauen Augen aufmerksam musterte. »Keine Ahnung«, bekannte ich freimütig. »Plötzlich überkam mich die Eingebung, es tun zu müssen.« Mir fiel das Buch wieder ein und ich zog es aus der Jackentasche. »Vielleicht war auch das hier ein Beweggrund«, sagte ich und erzählte Loko, wie ich das ominöse Buch gefunden hatte. Meine Hoffnung, Loko wüsste für die darin gestellten Aufgaben eine Lösung, erfüllte sich leider nicht. »Steigen Sie doch einfach in ein Flugzeug«, gluckste er amüsiert. «Über irgendein Haus werden Sie schon fliegen.« Sein Vorschlag bezüglich der Aufgabe »Atme deinen Atem« war auch nicht viel hilfreicher. Seiner Meinung nach wäre ein Heilpraktiker in dem Fall die richtige Anlaufstelle. Für »Lache mit der Zeit« schlug er mir einen Besuch bei einem Clown vor. »Welchen Klang hat dein Leben?« Loko zog die Worte in die Länge und ich hatte schon Hoffnung, er könnte mir zumindest bei diesem Rätsel helfen, doch auch diesmal wurde ich enttäuscht. Von wegen, jeder Musiker müsste darauf eine Antwort wissen. Ganz ehrlich, ich hatte mir von Loko weit mehr erhofft. Schade, offensichtlich war er doch nicht der weise, alte Mann, den ich in ihn gesehen hatte. Mein ernüchterter Gesichtsausdruck sprach wohl Bände, denn Loko hielt inne. Er lehnte sich zurück und schloss die Augen, als wolle er seine Worte in aller Ruhe abwägen. »Ich weiß, was Sie denken«, begann er schließlich mit ruhiger, aber fester Stimme zu sprechen. »Wenn mir jemand, den ich wegen seiner vermeintlichen Weisheit schätze, nur banale Antworten gäbe, würde ich ebenso denken. Gewiss, ich bin ein alter Mann. Ein alter Mann, der viel erlebt hat und einiges an Erfahrungen sammeln konnte. Das bedeutete aber nicht, dass ich auf alles die Antwort wüsste.« Loko atmete tief durch. »Hören Sie, manche Aufgaben und Fragen sind mit dem Verstand nicht zu lösen. Ist man aber offen und frei, wie es Kinder sind, passiert etwas Wunderbares. Dann spüren wir und gehen in Resonanz mit der magischen Schwingung, die jede Frage begleitet. Es ist nicht wichtig, Antworten zu haben, solange wir ihren wahren Kern fühlen. Sie, zum Beispiel ...« Ich zuckte zusammen, als hätte mich jemand beim Stibitzen ertappt. »Ja, Sie«, bekräftigte Loko. »Jemand anderes hätte dieses Buch wahrscheinlich in den Mülleimer geworfen. Indessen haben Sie es eingesteckt und sind gekommen, ohne zu wissen, warum. Möglich, dass Sie auf all das niemals eine Antwort finden werden.« Loko deutete auf das Buch. »Aber das spielt letztlich keine Rolle, solange Sie Ihrem Gefühl vertrauen.« Loko richtete sich auf und schaute sinnierend zur neubeklebten Litfaßsäule, so als würden diese seine Gedanken neu beleben. Dann blickte er abermals zu mir. »Und?« Wieder umgab ihn dieser magische Ausdruck – eine Mischung aus Überzeugung, Sanftmut, Verschmitztheit und Güte. »Sind Sie bereit, unserem Perle Merle weiter zu folgen?« Ich nickte knapp. »Gehe ich richtig in der Annahme, dass Sie noch die Bilder von Rom und dem Campo de' Fiori in Ihrem Gedächtnis tragen?« Ich nickte abermals. »Nun, Sie werden überrascht sein, wie wandelbar die Bedürfnisse der Menschen sind und wohin es unseren Helden diesmal verschlagen hat.«

8. Schweinische Leckereien

»Ich fühle, dass sie mich versteht, dass sie es gut mit mir meint. Sie mag mich und ich mag sie, und das genügt mir.«

Die Rotte

Die kleine, versteckte Lichtung lag tief im Wald und wurde ringsum von knorrigen Bäumen gesäumt, deren dichte Kronen sich in den blauen Himmel reckten und kühlen Schatten spendeten. Sattgrüne Moospolster inmitten üppiger Gräser, die Luft erfüllt vom Summen der Insekten – hier ließ sich ein schwülwarmer Sommertag gut aushalten. Perle Merle hatte sich ein ruhiges, idyllisches Fleckchen ausgemalt, um sich ein wenig vom Trubel der Stadt zu erholen und mit dieser lauschigen Waldlichtung hatte sich sein Wunsch erfüllt. Und so lag Perle Merle im dichten Gras und schaute geruhsam Löcher in den blauen Himmel. Hätte er sich aufmerksam umgeschaut, so wären ihm die Blumen aufgefallen, deren Blüten in üppigen Farben leuchteten und deren zart-süßlicher Duft mit der würzigen Waldluft eine betörende Melange bildete. Sicherlich hätte er auch die kleine braungesprenkelte Eidechse bemerkt, die sich reglos auf einem flachen Stein erwärmte und blitzartig in Richtung eines moosigen Feuchtgebietes verschwand, als der Waldboden kaum merklich zu Beben begann. Unversehens war es mit der Ruhe vorbei. Aus der Ferne war wildes Gegrunze und Gequieke zu hören, das rasch näherkam und nun auch die Aufmerksamkeit von Perle Merle auf sich zog. ›Das müssten Wildschweine sein‹, kombinierte Perle Merle nicht gerade erfreut und er sollte Recht behalten. Eine Rotte Wildschweine bahnte sich ihren Weg direkt auf die Waldlichtung zu, um sich dort in dem breiigen Morast der Feuchtstelle zu suhlen. Perle Merle richtete sich auf. Dem überwiegend hohen Quieken nach zu urteilen, bestand die Rotte mehrheitlich aus Frischlingen. Führen Wildschweine Nachwuchs mit sich, können die Bachen recht ungemütlich werden. Drei Optionen schossen Perle Merle durch den Kopf: Die Rotte einfach per Wunsch sonst wohin verfrachten. Sich selbst von diesem Ort wegwünschen. Oder mit den Schwarzkitteln in Kontakt treten. Letzteres schien Perle Merle eine spannende Option zu sein. Schweinisch zu sprechen, war jedoch die Voraussetzung dafür. Nur einen imaginären Wunsch später gab Perle Merle einen verbindlichen Testgrunzer von sich, der sowas wie »Hallo« heißen sollte. »Quiek, quiek, quiek«, tönte die Leitbache aufgeregt, was in Perle Merles Kopf simultan in »Stopp, stopp, stopp!« übersetzt wurde. Umgehend hielt die ganze Rotte an und blieb wie angewurzelt stehen. Perle Merle wusste, Wildschweine konnten sehr gut hören und riechen, aber nur schlecht sehen. »Achtung, ich rieche einen Menschen«, quiekte die Anführerin und starrte angestrengt mit ihren kleinen, schräg nach vorn gerichteten Augen in Richtung des vermeintlichen Störenfriedes. Sie schnüffelte und guckte, schien aber nichts Verdächtiges zu sehen. Kein Wunder, Perle Merle hockte gut getarnt im hohen Gras. Jetzt nur keine falsche Bewegung. Perle Merle hob vorsichtig seinen Kopf und grunzte so freundlich wie möglich: »Hallihallo, ich grüße euch herzlich, liebe Rotte. Könntet ihr mir bitte sagen, wo ich mich befinde?«

»Quiiiiiieeeeeeek ...!«, entfuhr es der Leitbache überrascht. »Bitte, ich bin ein einsames Wildschwein, das seine Rotte verloren hat und sich in dieser Gegend nicht auskennt«, setzte Perle Merle nach. »Du bist ein Mensch, auch wenn du wie ein Wildschwein grunzt – was ich mir wahrlich nicht erklären kann. Nichtsdestotrotz sind Menschen für uns Wildschweine gefährlich.« Augenblicklich richtete die Leitbache ihr Schwänzchen steil nach oben aus, schnaubte und klapperte mit den Zähnen. Eine unmissverständliche Drohgebärde, wenn Gefahr drohte. Es wurde brenzlig. Doch so schnell wollte Perle Merle sein spannendes Experiment nicht aufgeben und so wünschte er sich rasch eine grandiose Idee, mit der sich die Leitbache besänftigen ließ. Zack! - da war sie schon. »Ich kenne eine Stelle, da wachsen die herrlichsten Trüffel, auch Pilze. Zudem gibt es eine Menge leckere Bucheckern und Eicheln.« Perle Merle sah, dass seine Eingebung Wirkung zeigte. Die Rotte begann zu schmatzen und bewegte sich unruhig auf der Stelle. Ihnen schien schon das Wasser im Maul zusammenzulaufen. »Ich dachte, du kennst dich hier nicht aus?«, grunzte die Leitbache argwöhnisch. »Und selbst wenn, ich kenne den Wald recht gut und dergleichen ist mir noch nicht begegnet.«

»Das stimmt«, gab Perle Merle zurück, »diese Stelle gibt es nur in meiner Gegend. Doch glücklicherweise habe ich zur Wegzehrung einen großen Sack dieser schweinischen Leckereien mitgenommen. Ich könnte euch etwas davon abgeben.« Die Leitbache überlegte kurz, dann grunzte sie: »Eleonore, Ernestine – ihr bleibt mit den Frischlingen in Deckung. Ich schau mir das mal an.« Die beiden Angesprochenen grunzten zustimmend. »Alles klar, Elfriede, wir halten hier die Stellung!« Elfriede, wie Perle Merle nun wusste, näherte sich vorsichtig und ließ ihn nicht aus den Augen. »Na los, dann zeig mir mal deine schweinischen Leckereien!« Perle Merle deutete auf einen großen Leinensack, griff hinein und beförderte eine Handvoll Eicheln zu Tage. Elfriede blieb in sicherem Abstand stehen und schaute abschätzend. »Wirf mir eine Eichel zu!« Das ließ sich Perle Merle nicht zweimal sagen und schleuderte den Leckerbissen in hohem Bogen direkt in das geöffnete Maul. Ein wohliges Schmatzen folgte. Anscheinend war Elfriede mit der Qualität der Eichel zufrieden. »Wer oder was bist du? Ein Wildschwein in Menschengestalt oder ein Mensch mit Wildschweinverstand?«

»Nimm das, was dir am besten taugt«, gab Perle Merle zur Antwort. »Andernfalls kann ich dir gern erzählen, warum es so ist, wie es ist.« Elfriede war offen für eine Erklärung, wollte aber zuerst mehr von den Leckereien. »Alle mal herhören«, grunzte sie in Richtung der Rotte. »Die Luft ist rein. Der ...« Sie richtete ihren Blick auf ihn. »Wie heißt du überhaupt?«

»Perle Merle«, antwortete der prompt. »Also der spendable Artgenosse Perle Merle lädt uns zum Fressen ein. Auf geht's!« Plötzlich brach Tumult auf der Waldlichtung aus. Perle Merle zählte zwei Bachen, die von einem Gewusel aus achtzehn aufgeregt quiekenden, hellbraunen Frischlingen umgeben waren. Ihre gelblichen Längsstreifen auf dem Fell erweckten den Anschein frischgebügelter Schlafanzüge und sorgte dafür, dass sie kaum zu unterscheiden waren. Auch die Bachen Eleonore und Ernestine ähnelten sich beinahe wie Zwillinge, wobei Eleonores grau-beiges Fell einen Tick heller war als das von Ernestine. Abwechselnd quiekten sie nun lautstark: »G1, wirst du mal A2 nicht ins Ohr beißen! Lauf langsam, F3! Und F2, trödle nicht so rum!« Es stellte sich heraus, dass jedes Kürzel für einen Namen stand. Frischling A1 war Alfred. Hinter A2 verbarg sich Anton. B1 benannte Brunhild, B2 war die Abkürzung für Bernadette und so weiter. H1 und H2, die eigentlich Harald und Hermine hießen, bildeten die Schlusslichter der Namenskette. Wahrlich, ein glänzendes Beispiel schweinischer Effizienz.

Perle Merle schüttete mit großem Schwung den Inhalt des prall gefüllten Leinensacks auf den moosbedeckten Boden. Er hatte Elfriede nicht zu viel versprochen. Ein wahres Füllhorn schweinischer Köstlichkeiten bot sich ihnen dar und es war genug für alle da. Unter diesen Umständen interessierte die Rotte nicht, ob Perle Merle nun ein Wildschwein in Menschengestalt oder ein Mensch mit Schweineverstand war. Wer so viele Leckereien spendete, musste ein echter Wildschweinfreund sein und durfte auch ein wenig anders daherkommen. »Köstlich«, »unübertroffen«, »welch ein Genuss ...« ertönte es aus unterschiedlichen Mäulern schmatzend, während sich die Rotte genüsslich an den dargebotenen Köstlichkeiten labte. Doch irgendwann verebbte das Schmatzen und Schnüffeln, denn auch das hungrigste Wildschwein hatte irgendwann mal genug. Eleonore und Ernestine lagen bereits entspannt im Gras, als sich Elfriede ebenfalls niederließ. »Nun, Perle Merle«, grunzte sie, »während wir unsere wohlverdiente Verdauungssiesta halten, könntest du erzählen, warum es so ist, wie es ist.« Perle Merle lächelte in sich hinein.

›*Erst kommt das Fressen, dann sehen wir weiter. Nun, so groß war der Unterschied zwischen den Menschen und Wildschweinen wohl nicht.*‹ Er machte es sich ebenfalls im hohen Gras bequem und begann zu erzählen. Von seinen erfolglosen Anfängen als Zauberkünstler, dem Zirkus ALADIN, seinem Freund Pesce und wie sich die Dinge änderten, als er sich auf einmal alles wünschen konnte. Natürlich ließ er auch die skurrilen Erlebnisse als Piratenkapitän, die wundersame Reise mit Xenos und die kleine Philosophin Lucy nicht aus. Die Schweine hörten gespannt zu, klebten förmlich an Perle Merles Lippen und erlebten die Geschichten mit all den Emotionen, derer ein Wildschwein fähig war. Das machte sich lautstark bemerkbar. Wildes Grunzen und Gequieke schallte durch den dichten Wald. Und wer der Schweinsprache mächtig war, hörte Ausrufe wie: »Nein, nicht möglich!«, »Einfach phantastisch« oder »unglaublich …«. Kurz gesagt: ganz großes Wildschweinkino!

Zu guter Letzt kam Perle Merle auf seine sonderbare Leere zu sprechen, weswegen er ja all die Episoden erlebt hatte. Die Begeisterung der Schweine verstummte umgehend. Die ratlosen Blicke machten deutlich, sie konnten mit diesem Phänomen nichts anfangen. »Vielleicht sind wir einfach zu ahnungslos, um das zu verstehen?«, meldete sich Ernestine zu Wort. »Wenn wir es aber verstünden, ließe sich vielleicht etwas Positives für die Rotte daraus ableiten. Ich meine, ein paar Parallelen zu erkennen«, grunzte Eleonore. »Im Winter sind leere Felder für uns Wildschweine ein Graus. Schlimmer noch ist ein leerer Magen. Das passiert, wenn der Boden gefroren ist, man sich den Rüssel blutig schubbert, weder Wurzeln noch saftige Larven aus dem steinharten Erdreich herausbringt.«

»Richtig, ein leerer Magen ist die Katastrophe schlechthin«, bestätigte Ernestine und schielte dabei gefällig auf die restlichen Leckereien. »Könnt ihr euch noch an den schrecklichen Hungerwinter vor drei Jahren erinnern?!«

»Quieeeeek!«, ertönte es sofort klagend aus zwei Wildschweinkehlen. Die Erinnerung daran wirkte anscheinend noch immer schmerzlich nach. Ernestines Repertoire war damit jedoch noch nicht erschöpft. »Oder die große Dürre vor zwei Jahren?!«
»Quieeeeek ...!«
»Und der heftige Waldbrand letztes Jahr ...?!« Bevor das nächste markerschütternde Quieeeek über die Waldlichtung fegte, sprach Elfriede ein Machtwort und beendete die Katastrophenaufzählung. »Schluss jetzt!«, raunzte sie, die anderen übertönend. »Was soll das Gejammer? Ein voller Bauch klagt nicht!« Elfriede wiegte den Kopf und schaute hinauf in den Himmel, als würde sie dort mit jemanden kommunizieren. »Vielleicht handelt es sich bei dieser Leere um etwas Psychisches«, sinnierte sie. »Also ein Menschending. Wir Wildschweine kennen so etwas nicht, haben gar keine Zeit, uns über solcherlei Probleme Gedanken zu machen. Futtersuche, Nachwuchsaufzug, Gefahren abwehren, Revierkämpfe ... Oftmals weiß man gar nicht, wo einem der Kopf steht.«
»Ja, genau so ist es«, stimmten Eleonore und Ernestine ein. »Wir Bachen haben mit der Suche nach Fressen und der Abwehr von Gefahren mehr als genug zu tun.« Damit war das Thema für die Rotte erledigt und mit neu erwachtem Appetit machten sie sich über die restlichen Leckerein her. Nur Elfriedes Gesicht verfinsterte sich zusehens. Misstrauisch musterte sie Perle Merle. »Du da!«, quiekte sie auf einmal lautstark. »Du, der sich Perle Merle nennt, vielleicht bist du ja gar keine Bache, sondern ein Keiler!?« Eleonore und Ernestine quiekten entrüstet: »Ein Keiler in Menschegestalt, der sich die Geschichten nur ausgedacht hat, um sich in unsere Rotte einzuschleichen?« Drei Wildschweinaugenpaare funkelten kampfentschlossen. »Nein, nein«, beteuerte Perle Merle überrumpelt, »ich bin weder ein Keiler noch eine Bache. Ich bin ein ... ein ... ich sagte es schon, ein Freund der Wildschweine. Ein Wildschweinflüsterer, sozusagen.« In Elfriedes Kopf rumorte es sichtlich. ›*Kein Wunder*‹, dachte Perle Merle,

›*schließlich war sie für das Wohl der Rotte verantwortlich.*‹ »Aber was habt ihr gegen Keiler?«, erkundigte sich Perle Merle vorsichtig. »Immerhin sind das doch auch Wildscheine.« Ein sonores Schnauben war zu hören. »Was für eine törichte Frage. Jedes Wildschwein weiß, dass Keiler nur für die Zeugung des Nachwuchses taugen«, grunzte Elfriede und warf einen Blick zu den Frischlingen. »Nichts als haltlose Rumstreuner, Hallodries, Nichtsnutze, die wir nur zur Rauschzeit gebrauchen können. Darüber hinaus haben sie in der Rotte nichts verloren.«

»Und wie haltet ihr das mit der Emanzipation?« Diese Frage sorgte schlagartig für Heiterkeit. Die drei Bachen quieckten vor Vergnügen. Ernestine warf sich gar auf den Rücken und strampelte mit den Hufen. »Ach du meine Güte«, quiekte sie erheitert, »was für ein ahnungsloses Wesen.« Die drei wollten sich vor Belustigung nicht mehr einkriegen. »Ich habe mich wohl in dir wohl getäuscht«, prustete Elfriede. »So unwissend, magst du sicherlich alles mögliche sein, doch gewiss kein Keiler. Scheinbar müssen wir erst einmal ein wenig Aufklärungsarbeit betreiben, denn seit Wildschweingedenken streift die Rotte als Matriachat umher. Den Chefposten übernimmt immer die Bache mit der meisten Erfahrung, in unserem Fall bin ich das. Keiler werden nur für die Zeugung des Nachwuchses benötigt«, grunzte Elfriede resolut. »Für mehr nicht. So ist es, so bleibt es und so ist es gut!« Damit war die kleine Exkursion in Wildschweinkunde beendet. Allerdings schien sich ein weiteres Highlight anzubahnen, denn plötzlich kam Leben in die Rotte. Aufgeregt grunzend folgten die Frischlinge Eleonore und Ernestine, die nun zur nahegelegenen Feuchtstelle trotteten. Elfriede schaute ihnen gefällig hinterher. »Wie sieht's aus, Perle Merle?«, grunzte sie beschwingt. »Du hast uns ein vorzügliches Mahl kredenzt, im Gegenzug würden wir dich nun in den Spa einladen.« Der Wildschwein-Spa, wie Elfriede es nannte, war eine Feuchtstelle mit breiigem Morast, in dem sich die anderen schon genüßlich suhlten. Der nasse Schlamm, so wusste Perle Merle, kühlte ihre Haut und war ein vorzüglicher Mückenschutz, doch er selbst verspürte keinerlei Verlangen, es ihnen gleichzutun. Kurz stieg in ihm sogar der Gedanke auf, die ganze Rotte samt Schlammbad weit, weit weg zu wünschen. Doch, so ermunterte er sich, wer A sagt, sollte auch B sagen. Außerdem war er schon so tief ins Wildschweinuniversum eingetaucht, da spielte ein Schlammbad nun auch keine Rolle mehr.

In der Suhle herrschte bereits Hochbetrieb. Ernestine schob ihren Rüssel einem Schneepflug gleich durch den braun-grauen Schlamm und grunzte dabei vor Vergnügen – auch, weil sie dabei wohl den ein oder anderen Wurm erwischt hatte. Eleonore steckte bereits bis zur Körpermitte im Morast. Ihrem freudigen Grunzen nach zu urteilen, fühlte sie sich sauwohl. Und auch die Frischlinge tobten ausgelassen. Für sie bot die Suhle nicht nur einen Abenteuerspielplatz, sondern sie konnten sich darin auch nach Herzenslust raufen. Perle Merle beobachtete sie aus sicherem Abstand. Quirlig wuselten sie umher, stubsten sich, wühlten im Schlamm, qieckten und grunzten in sämtlichen Tonlagen. Nun war auch Elfriede nicht länger zu halten. Wie ein Stein ließ sie sich auf die linke Körperseite fallen, wälzte sich sichtlich genüßlich, ohne jedoch Perle Merle aus den Augen zu lassen. »Na los, Perle Merle!«, quiekte sie im Befehlston. »Worauf wartest du? Schlammiger wird's nicht!« Obwohl er noch immer nicht überzeugt war, fasste er sich ein Herz. ›*Augen zu und durch*‹, dachte er und tat es Elfriede gleich. Entgegen seiner Erwartung, ihn würde das Suhlen im Schlamm ekeln, bereitete ihm die ausgelassene Schweinerei überraschenderweise viel Freude. Perle Merle fühlte sich wie ein kleiner Junge, der keine Pfütze ausließ und dem es schnurzpiepegal war, dass die Kleidung dabei nass und schmutzig wurde, der alles ringsherum vergaß und mit sich und der Welt im Einklang war. Das fidele Treiben der Wildschweine zog sich eine gute Weile.

Irgendwann aber waren dann doch alle vom Suhlen ermattet und so viel eins nach dem anderen, in der gegenwärtigen Stellung verharrend, in den Schlaf. Durch die dicke Schlammkruste waren ihre Leiber kaum vom Schlamm zu unterscheiden. Einzig Perle Merle stach mit seiner farbenfrohen, nun aber überwiegend schlammbedeckten Kleidung, heraus. Allerdings fiel noch jemand auf: Elfriede! Sie war zwar ebenso schlammverkrustet wie Eleonore und Ernestine, doch ihre Körperhaltung unterschied sich maßgeblich. Elfriede lag direkt neben Perle Merle und ihr linker Vorderhuf ruhte direkt auf seiner Brust, so wie bei einem Pärchen, das sich innig verbunden fühlte.

Bitte, wach auf …

Träume können vieles bewirken. Träume können derart präsent sein, dass wir nach dem Aufwachen erst einmal Zeit benötigen, um zu realisieren, dass das soeben erlebte wirklich nur ein Traum gewesen war. Andererseits kann ein Traum aber auch ausgesprochen flüchtig und ohne Erinnerung sein. Aus manchen Träumen möchten wir gar nicht aufwachen, lassen sie uns doch die süßesten Fantasien erleben. Albträume hingegen vermitteln uns die schrecklichsten Visionen. Und schließlich gibt es noch Träume mit einer verschleierten Botschaft. Die kommen manchmal sanft und leise, ab und an aber auch laut daher. Diese Träume meinen es gut mit uns. Wir müssen sie nur annehmen, sie ergründen – und wahr werden lassen.

Nach dem ausgelassenen Bad in der Suhle fiel Perle Merle in einen tiefen, wohligen Schlaf. In seinem Traum streifte er, wahrhaftig zum Wildschein geworden, futtersuchend durch die Gegend. Doch es war Winter, der Boden gefroren und schneebedeckt, weshalb Perle Merle großen Hunger litt. Eins ums andere Mal versuchte er mit seinen Rüssel ins gefrorene Erdreich zu dringen. Ohne Erfolg. Die steinharte Erde ließ sich nicht aufwühlen. Die begehrten Wurzeln und Larven blieben unerreichbar. Und so trottete Perle Merle mit leerem Magen weiter und weiter, in der Hoffnung, zufällig doch noch eine andere Futterquelle zu finden. Sein Weg führte ihn in ein Tal. Darin lag eine kleine Senke. Vielleicht hatte der Frost diese kleine Senke übersehen? Mit letzter Kraft stieß Perle Merles wunder Rüssel in die Erde. Und welch ein Glücksgefühl: Das Erdreich gab nach! Perle Merle musste nicht einmal stark wühlen und schon erwischte er den ersten Engerling; wohlgemerkt der saftigste und wohlschmeckenste Engerling, den er je gefressen hatte. Ein überbordendes Gefühl der Freude und der Dankbarkeit breitete sich in ihm aus. Vor ihm erstreckte sich ein wahres Schlaraffenland aus zarten Wurzeln und proteinreichen Larven. Eine reich gedeckte Tafel, die nur auf ein hungriges Wildschwein wie ihn gewartet zu haben schien. Perle Merle grunzte und schmatzte vor Wonne. Ach, was ging es ihm jetzt gut. Plötzlich überkam ihn das Gefühl, jemand stünde neben ihm. Wollte ihm etwa jemand den Fundort streitig machen? Instinktiv richtete er sein Schwänzchen steil nach oben, schnaubte und klapperte mit den Zähnen. Doch gegen wen genau richtete sich seine Drohgebärde? Niemand war zu sehen oder zu hören, ja nicht einmal riechen konnte er den Widersacher. Trotzdem hätte Perle Merle schwören können, dass sich jemand in seiner Nähe befand. Mit einem Mal stupste irgendetwas Unsichtbares gegen seinen Körper. Erst sanft, dann immer stärker ... Ein kaum wahrnehmbares, flüsterleises Grunzen kam hinzu: »Perle Merle, wach auf ... Bitte, so wach doch auf ...« Perle Merle wollte aber nicht aufwachen, wollte sich nicht von der reichgedeckten Tafel trennen. Aber das Stupsen und Flehen hörte nicht auf. Es half nichts ... Perle Merle öffnete schlaftrunken die Augen. Ein Frischling stand dicht neben ihm und wich erschrocken zurück, bevor es wieder ganz nah herankam und verhalten in sein Ohr grunzte: »Ich bin D2 und du musst mir helfen.«

Ein seltsames Paar

Nach langem Darben trennt sich niemand freiwillig von einem üppigen Buffet. Selbst wenn sich heraustellt, dass sowohl der reich gedeckte Tisch als auch der hungrige Magen eine Illusion war. Aus verlockenden Träumen erwacht man ungern. Entsprechend schlecht gelaunt war Perle Merle nun. Mißmutig schielte er zu dem Störenfried, der sich D2 nannte.« Was willst du von mir?«, nuschelte Perle Merle ein wenig barsch. »Nicht so laut«, grunzte der Frischling erschrocken. »Die anderen dürfen keinesfalls aufwachen.« Wenngleich Perle Merle von dem kleinen Störenfried ein wenig genervt war, so musste er doch schmunzeln. Der kleine Grunzer hatte Schneid. »Na, dann will ich mal nicht so sein ...« Rasch formulierte er einen Wunsch. »So, D2, deine Sippe würde jetzt nicht einmal ein Donnerwetter erwecken.« Mit bedrohlichem Unterton ergänzte er: »Jetzt zu dir, du kleine Nervensäge. Zuallererst nennst du mir mal deinen vollen Namen.«

»Donald«, grunzte Frischling D2 selbstbewusst. »Aha, Donald - das klingt schon besser. Also, Donald, was ist denn nun so wichtig, dass du mich aus meinem schönen Traum reißt?!« Donald warf einen skeptischen Blick zu Elfriede und grunzte verhalten, dass es wohl besser wäre, in sicherer Entfernung zu sprechen. Seufzend gab sich Perle Merle geschlagen, legte Elfriedes Bein vorsichtig zur Seite und erhob sich schwerfällig aus der kuscheligen Suhle.

Kurz hinter dem Waldrand blieben sie stehen. Hier nun bekam Perle Merle eine erstaunliche Geschichte zu hören, die mit »Ich habe eine Freundin ...« begann. Nun, eine Freundin zu haben, ist zunächst nichts Bemerkenswertes. Es sei denn, diese Freundin ist klein, besitzt Flügel, einen Stachel und entstammt dem Volk der Bienen. ›*Eine Biene und ein Wildschwein?*‹ Das ergab allein schon rein optisch ein ungewöhnlich spannendes Paar. »Wie ist es denn zu dieser außergewöhnlichen Freundschaft gekommen?«, fragte Perle Merle, worauhin Donald ganz lapidar etwas von Zufall grunzte. »Soso, mein kleiner Freund.« Perle Merle sah ihn prüfend an. »Ein Zufall also? Bedenke, dir fällt nur etwas zu, wenn dein Wunsch oder dein Glaube danach stark genug ist.« Donald hielt kurz inne und Perle Merle sah, wie es in seinem Kopf ratterte. »Möglich«, gab er zögernd zu und begann erneut zu erzählen. Donald hatte sich während der Futtersuche von der Rotte getrennt und sein Glück etwas abseits versucht, als er überraschend den markanten Geruch von Moschus, Kakao und Pilzen wahrgenommen hatte. Trüffel! Es hatte unzweifelhaft nach Trüffel gerochen und diesem Geruch konnte kein Wildschwein widerstehen. Allerdings hatte dort, wo Donald die Trüffel vermutete, eine prächtige Schafgarbe geblüht und mit ihren zahlreichen gelb-weißen Blütenköpfen mit der Sonne um die Wette gestrahlt. Er wollte gerade beginnen, die Erde aufzuwühlen, als ein gefährliches Summen erklang. Eine Biene! Wie Donald wusste, konnten Bienen stechen, und das tat weh - so jedenfalls hatte Tante Eleonore die Frischlinge gewarnt. Vorsichtig stupste Donald an der Schafgarbe, die Biene ließ sich davon jedoch nicht einschüchtern und krabbelte munter weiter auf den Blüten herum. Donald wusste nicht, was er tun sollte, daher hockte er sich hin, zog die Hinterhufe ein und beobachtete die emsige Pollensammlerin. Es war das erstemal in seinem jungen Leben, dass er einer Biene bei der Arbeit zusah und ihm fiel auf, dass sie so anders war als er. Dennoch hatten sie auch etwas gemeinsam: Sie beide waren auf Futtersuche, wobei seine Faszination ihn die Trüffel mehr und mehr vergessen ließ. Donald bestaunte die zarten, durchscheinenden Flügel und honorierte ihre Emsigkeit. Er bewunderte ihre grazile Gestalt, ihren Mut und ihre Widerstandsfähigkeit. Obwohl sie um soviel kleiner war als er, wusste sie sich Respekt zu verschaffen. Donald äußerte seinen Respekt mit einem zarten Grunzer und konnte es kaum glauben, als ihm die Biene auf einmal anwortete. Zumindest deutete er ihr plötzliches lautes Summen so. Um seinen Verdacht zu bestätigen, grunzte Donald ein weiteres Mal – und wieder summte die Biene. So ging es eine ganze Weile, bis die Biene unversehens davonflog und Donald sich wieder seiner eigenen Futtersuche widmete, die Schafgabe jedoch umging. Als er anderntags wieder zu der gleichen Stelle ging, war die Biene auch schon da und sammelte fleißig ihre Pollen. Erneut hockte er sich hin und gab vorsichtig einen Laut von sich – und siehe da, das Ritual aus Grunzern und Summen wiederholte sich.

»Wir sind gleich da.« Donald trottete zügig vorweg. Die Schafgarbe blühte inmitten dichter Gräser, umgeben von hohen Bäumen und mossbedeckten Steinen. Von der Biene war allerdings nichts zu sehen. »Sie kommt sicher gleich«, versicherte er und hockte sich vor die Schafgarbe. »Gewiss wird sie das.« Es klang, als müsse er sich ermutigen, was sich bestätigte, als er kleinlaut hinzufügte: »Auch wenn ich mich zwei Tage nicht habe blicken lassen.« Perle Merle ließ sich neben ihm nieder. So saßen sie, schauten auf die Scharfgarbe und warteten. Sie warteten eine ganze Weile, bis sich irgendwann aus dem allgemeinen Insektenschwirren ein auffälliges Summen löste und sich ihnen näherte. Zielsicher landete die Biene auf den Blütenkörbchen der Schafgarbe. Dass es tatsächlich Donalds Freundin war, bestätigte sein freudiges Grunzen. Und auch die Biene summte nun etwas lauter, was Donald wiederum mit einem Grunzer quittierte. Dieses Spiel wiederholte sich mehrere Male. »Unterhaltet ihr euch? Verstehst du, was die Biene sagt?«, wollte Perle Merle wissen, nachdem er die beiden ein Weilchen beobachtet hatte. »Nein, aber wir verstehen uns auch so«, entgegenete Donald, ohne seinen Blick von der Biene abzuwenden. »Interessant. Und was hast du über sie in Erfahrung gebracht?« Donald sah sichtlich überrascht zu ihm auf. »Nichts. Was sollte ich in Erfahrung bringen?« Perle Merle fühlte sich ein wenig verschaukelt und reagierte verärgert: »Na, wie die Biene heißt, was sie so umtreibt. Warum sie hier ist und ... ach, überhaupt!« Donald grunzte gleichmütig: »Das interessiert mich herzlich wenig.«

»Woher willst du dann wissen, ob die Biene deine Freundin ist?!« Perle Merle stand das Unverständnis ins Gesicht geschrieben. »Ich fühle, dass sie mich versteht, dass sie es gut mit mir meint. Sie mag mich und ich mag sie, und das genügt mir.« Donalds Antwort verblüffte ihn. »So ...«, sagte Perle Merle, verfiel aber in Schweigen. Es dauerte einen Moment, bis ihm noch ein »Soso« über die Lippen kam. Donald wertete das »Soso« als Zustimmung und grunzte zufrieden. »Wenigstens ein Erwachsener versteht mich«, murmelte der Frischling, bervor er sich Perle Merle erneut zuwandte. »Meine Mutter und meine Tanten verstehen mich nicht. Den ganzen Tag höre ich nur: Tu dies nicht, tu das nicht. Vom Träumen wird der Bauch nicht voll. Im Gegensatz zu mir haben meine Geschwister nur Rumbalgen und Fressen im Kopf. Das sehen die Erwachsenen gern. Verständlich, immerhin sollen wir groß und stark werden. Aber ... es gibt doch noch soviel mehr. Wenn ich von einer schönen Blume erzähle, über den geheimnisvoll sprudelnden Bach staune oder von den schönen Dingen berichte, die ich geträumt habe, so werde ich ausgelacht. Ein Wildschwein hat sich nicht für schöne Blumen oder geheimnisvoll sprudelne Bäche zu interessieren. Und wenn schon träumen, dann von saftigen Larven. Verstehst du meinen Kummer? Ich kann mit niemandem über meine Gefühle oder meine Interessen sprechen, ohne gleich ausgelacht zu werden!« Dem kleinen Rüsselträger mit dem Kürzel D2 kullerten Tränen über die Wildschweinschnauze. Perle Merle verstand ihn, mehr noch, er verstand ihn nur allzu gut, stieß er doch ebenfalls mit seinem Problem auf Unverständnis. Trotz seiner Fähigkeit, sich alles wünschen zu können, fühlte er sich fremd und hilflos. Nun rannen auch ihm die Tränen übers Gesicht. Einen Moment lang gab er sich seinen Gefühlen hin, bevor er sich die Wangen trocken wischte und sich wieder dem ungewöhlichen Freundespaar widmete. Eine Weile summten und grunzten sie noch im Wechsel, bis Donald sich schließlich erhob. »Ich glaube, es ist an der Zeit, zur Familie zurückzukehren.« Allerdings stand Perle Merle so gar nicht der Sinn danach, sich nochmals in die Suhle zu legen. »Geh schon mal voraus, ich komme gleich nach«, entgegnete er und kurz darauf war Perle Merle mit der Biene allein. ›*Was mag in dem kleinen Insekt nur vorgehen*‹, dachte Perle Merle und versuchte sich an einem Grunzer, wie Donald ihn von sich gegeben hatte. Doch die Biene nahm keinerlei Notiz von ihm. Für Perle Merle war direkt klar, entweder machte er etwas falsch oder diese Biene ignorierte ihn absichtlich. Um das herauszufinden, musste er die Sprache der Bienen verstehen. Sogleich formulierte er in Gedanken seinen Wunsch. Dass zu deren Sprache aber mehr gehört, merkte er spätestens, als ihm Flügel wuchsen. Instinktiv wusste er nun, dass er mit ihnen die Luft in Schwingungen versetzen musste, damit das typische Summen ertönte. Er brauchte einige Versuche, bis schließlich ein einigermaßen passables »Ssss« zu hören war. Die Biene schenkte ihm weiterhin keine Beachtung. ›*Gleich noch einmal*‹, dachte Perle Merle und ließ seine kleinen Flügel etwas länger schwingen. Plötzlich verharrte die Biene. Davon angestachelt, wagte er direkt einen weiteren Versuch, diesmal noch länger. »Sssssssssssss …« Und siehe da, die Biene reagierte. Nun ließ auch sie ihre Flügel schwingen. »Sssssss …«, summte sie, was auf Bienisch »Clarissa« hieß.

9. Das Volk der Bienen

»Es liegt nicht an mir, den Zeitpunkt zu bestimmen, wann ich sterbe, und auch nicht das Wie. Das Leben jedoch anzunehmen, das steht mir frei. Angst setzt Grenzen. Eitelkeit macht blind. Von unnützen Streitereien gar nicht anzufangen. Und um etwas zu bedauern, fehlt mir die Zeit. Daher lebe ich, als müsste ich jederzeit Abschied nehmen.«

Die Biene Clarissa

Ein Lächeln umspielte Perle Merles Mundwinkel. Erst der Verblendstein Xenos, dann die Katze Lucy, gefolgt von Elfriede und Donald. Und nun die Biene Clarissa. Spannend. Was mag sie zu berichten haben? Wird er etwas über ihre Sorgen, Freuden und Hoffnungen erfahren? »Guten Tag, Clarissa«, sprach – oder vielmehr summte – Perle Merle. »Schön dich kennenzulernen. Ich heiße Perle Merle.« Die Biene erwiderte etwas, aber das Summen ergab keinen Sinn. Vielleicht wollte sie sich nicht mit ihm unterhalten. »Sehr gesprächig bist du nicht«, versuchte Perle Merle es erneut. Prompt folgte ein gestresstes, ja, beinahe ärgerliches »Ssssss...«.

»Ich habe keine Zeit«, war der unmißverständliche Wortlaut, »keine Zeit. Muss arbeiten, arbeiten!«

»Kann ich dir dabei behilflich sein?«, erkundigte sich Perle Merle. Die Biene summte, aber wieder ergab es für ihn keinen Sinn. Ihre Tätigkeit musste Biene Clarissa sehr wichtig sein, so wie es sie in Atem hielt, deswegen schaute er genauer hin. Auf den ersten Blick sah es aus, als trippele Clarissa planlos auf den dicht gereihten Blüten umher. Doch bei genauerer Betrachtung erkannte Perle Merle ein System. Bei ihren Bewegungen verfingen sich winzige Pollen in ihrem Haarkleid, die sie mit ihren Vorderbeinen sorgfältig zu den Hinterbeinen bürstete. Dort vermengte sie die Pollen mit etwas Speichel und Nektar aus dem Magen und formte daraus kleine Pakete. Das Ergebnis sah aus, als trüge sie an den Hinterbeinen gelbe Höschen. Daher rührte also der Eifer. Die Biene sammelte Pollen, war mit der Menge aber noch unzufrieden. ›Nichts leichter als das‹, dachte Perle Merle und formulierte in Gedanken einen Wunsch. Augenblicklich sah Clarissa aus, als hätte sie eine dicke Pollenpluderhose an. Die Biene hielt irritiert inne und betrachtete die ansehnliche Pollenausbeute. »Warst du das?!«, summte sie zornig. »Wer denn sonst?«, murmelte Perle Merle verunsichert und überrascht zugleich. »Gefallen dir die Pollenhöschen etwa nicht?« Clarissas Antwort entlud sich in einem zornigen Summen. »Was du nur hast«, hielt Perle Merle jedoch beschwichtigend dagegen. »Deine Arbeit ist getan, das ist doch wunderbar?! Komm, ich lade dich auf einen kleinen Plausch ein.« Doch Clarissa summte entrüstet: »Bei uns Bienen ist die Arbeit ebenso wichtig wie das Ergebnis. Wie erkläre ich meinen Geschwistern, dass ich ohne Arbeit zu den Pollen gekommen bin?«

»Niemand muss wissen, dass ich dir geholfen habe.«

»Sssssss...«, summte Clarissa mit einer Mischung aus Entrüstung und Unverständniss. »Wir Bienen sind stets ehrlich, merke dir das!« Perle Merle hob beschwichtigend die Hände. »Ist ja gut. Wenn dich dein Gewissen zu sehr plagt - ich kann es auch wieder ungeschehen machen.« Stille folgte. Perle Merle wartete geduldig, doch er wurde das Gefühl nicht los, dass Clarissa die Pollen nur ungern wieder hergeben wollte. Und er lag richtig. »Nun gut, nun gut«, erwiderte sie schließlich in versöhnlichem Ton. »Du lässt mir die Pollenhöschen, dafür unterhalten wir uns ein wenig. Allerdings nur unter einer Bedingung.« Perle Merle horchte auf. »Und die wäre?«

»Du erzählst niemanden von unserer Abmachung. Kein Sterbenswörtchen!«

»Abgemacht.« Perle Merle rieb sich zufrieden die Hände. »Ich habe auch gleich eine Frage ... Sag mal, Clarissa, was hast du dem Frischling namens Donald vorhin erzählt?«

»Wem? Ich habe gar nichts erzählt.«

»Aber sicher doch«, hakte Perle Merle nach. »Donald hat gegrunzt, worauf du summend geantwortet hast.«

»Blödsinn! Ich wollte ihn mit meinem Summen nur auf Abstand halten – was mir auch gelungen ist.« Da hatte sie recht. Allerdings nur, weil Donald das Summen als Wertschätzung interpretiert hatte. Er hätte sich auch einen Dreck darum scheren können. Immerhin findet man Trüffel nicht alle Tage im Wald. Und selbst für einen Frischling wie ihn wäre es ein Leichtes gewesen, die Scharfgabe nebst Biene aus dem Weg zu räumen. Doch ihm hatte sich eine Gelegenheit geboten, das Wunderbare zu finden, und zugegriffen. Er war dem Ruf seiner Intuition gefolgt, ohne vorhersagen zu können, was passieren würde. Und was war passiert? Nun, seine sensible Seele hatte Trost gefunden. Perle Merle überlegte, ob er seine Gedanken mit Clarissa teilen sollte, entschied sich aber dagegen. Er beschloss, ihr lediglich zu sagen, dass das Summen eine kluge Entscheidung zu ihrem beiderseitigen Vorteil gewesen wäre. Clarissa fasste das als Kompliment auf und fühlte sich geschmeichelt. »Eine Biene bekommt so etwas selten zu hören. Es wird ganz selbstverständlich erwartet, dass wir von früh bis abends arbeiten. Was mich daran erinnert, dass ich weiter muss. Es war nett, dich kennenzulernen und zu plauschen, Perle Merle, aber nun ruft wieder die Pflicht.«

»Kann ich dich begleiten?« fragte Perle Merle einer plötzlichen Eingebung folgend. »Vielleicht kannst du mir dein Zuhause zeigen?« Clarissa überlegte kurz. »Ich wüsste nicht, wie das gehen sollte. Zum einen müsstest du fliegen können, zum anderen darf kein Fremder wissen, wo sich unser Bienenheim befindet.«

»Das mit dem Fliegen lass nur meine Sorge sein. Aber sag, warum ist euer Zuhause so geheim?« Clarissa ließ ein kämpferisches Summen erklingen. »Der Imker ist ein Schuft, war ungerecht zu uns. All unseren mühsam gesammelten Honig hat er uns genommen und gegen minderwertigen Zuckersirup getauscht. Daraufhin ist dann die junge Königin mit einem Großteil unseres Volkes aus dem Stock geflohen. Eine dicke betagte Buche wurde unser neues Zuhause. Hochoben in einer alten Spechthöhle. Dort geht es uns gut und niemand stiehlt uns unseren Honig.« Perle Merle stellte sich das emsige Gewimmel all der Bienen vor. Und all der Honig, diese Unmengen an Honig. Ein wahres Eldorado für Honigdiebe! Da war mit Recht Vorsicht geboten. »Ich könnte mir die Augen verbinden und deinem Summen blind folgen.« Noch ehe Clarissa abwägen konnte, ob das nun eine gute Idee war, hatte Perle Merle sich bereits auf Bienengröße geschrumpft. »Was sagst du nun? Bin ich jetzt ein attraktiver Flugbegleiter für dich?« Seine Flügel vibrierten unternehmungslustig. Dann wünschte sich Perle Merle ein weißes Seidentuch um den Kopf, so dass er nichts mehr sehen konnte. »Na gut, du Möchtegernbiene«, gab sich Clarissa geschlagen. »Bleib immer dicht hinter mir. Ich hoffe wirklich, du hältst durch. Der Flug dauert eine Weile.«

Gefahrvoller Flug

Ein warmer Wind hatte die letzten Wolken weggefegt und der lichte, sonnige Nachmittagshimmel zeigte sich von seiner angenehmen Seite. Perle Merle folgte Clarissas gleichbleibend monotonem Summen. Dieser Flug war nicht mit dem zu vergleichen, den er mit Lucy in Rom unternommen hatte. Damals hatte Perle Merle um sich herum alles uneingeschränkt sehen können, hatte sich groß und stark gefühlt und war Herr der Lage gewesen. Nun, auf Bienengröße geschrumpft, kam er sich nicht nur winzig, sondern auch irgendwie verloren vor. Was sicher auch daran lag, dass er sich auf das Summen einer einzigen, kleinen Biene verlassen musste. Allerdings besaß die kleine Biene eine bemerkenswerte Energie, die sie, trotz der beachtlichen Pollenlast an den Hinterbeinen, unermüdlich und zielstrebig vorantrieb. Perle Merle hingegen hatte auch ohne Gepäck Mühe, ihrem Tempo zu folgen. »Wie ... wie ... lange ... werden wir noch brauchen, Clarissa?!«, japste er, doch bekam keine Antwort. Hatte sie ihn vielleicht nicht verstanden? Plötzlich fühlte Perle Merle, dass es kälter wurde. Durch das Seidentuch war er in seiner Sicht zwar eingeschränkt, den bedrohlichen Schatten über ihnen erkannte er dennoch. Auch Clarissa war scheinbar in Alarmbereitschaft versetzt. »Achtung, Rauchschwalbe über uns! SINKFLUG!«, vernahm er Clarissas aufgeregtes Summen. Dann ging es in rasender Geschwindigkeit abwärts und er war froh, mit verbundenen Augen zu fliegen. Andernfalls wäre ihm bei diesem halsbrecherischen Flugmanöver mit Sicherheit speiübel geworden. Aber beide hatten großes Glück. Wahrscheinlich war die Rauchschwalbe nur rein zufällig über sie hinweggeflogen. Hätte der Vogel wirklich Appetit auf eine Extraportion Einweiß verspürt, tja, dann wäre ihre Reise hier beendet gewesen.

»Achtung, wir landen!«, summte Clarissa und nur weinig später spürte Perle Merle wieder festen Boden unter den Füßen. »Wo sind wir?«
»Wir befinden uns etwa auf halber Strecke an einem See. Du kannst das Tuch vorerst von den Augen nehmen.« Die plötzliche Helligkeit irritierte Perle Merle. Er musste ein paar Mal zwinkern, bevor er den vermeintlichen See erblickte. Aus Sicht einer Biene traf die Bezeichnung bestimmt zu, doch ein Mensch würde diese Wasseransammlung wohl eher eine große Pfütze nennen, die sich im Schatten eines Baumes den Sonnenstrahlen entzog. Dennoch war er froh, einen Moment verschnaufen zu können. »Die kleine Pause kommt mir gerade recht«, erklärte Clarissa unverdrossen, erwähnte aber mit keinem Wort die große Gefahr, der sie gerade entronnen waren. »Hattest du keine Angst, dass die Rauschschwalbe uns hätte fressen können«, fragte Perle Merle irritiert.
»Angst? Weswegen?« Clarissa schaute ihn aus ihren großen Facettenaugen verwundert an, bevor sie sich abwandte, zum Rand der Pfütze trippelte und etwas trank. Perle Merle verspürte ebenfalls Durst, aber das Wasser aus der Pfütze wollte er keinesfalls zu sich nehmen. Einen kurzen Wunsch später war das Problem gelöst. Auf einer lichten Stelle etwas abseits des Wasserlochs legte er sich nieder, um ein wenig auszuruhen. Eine sanfte Brise strich über das schmiegsame Gras hinweg, das sich in Wellen, gleich der Oberfläche eines Sees, bewegte. Aus der Perspektive erschienen die Halme jedoch hoch wie Bäume, einzig die schattenspendenen Kronen fehlten. Kurz bevor Perle Merle die Lider zufielen, bemerkte er im Augenwinkel, wie sich ein großes braunes Etwas hüpfend der Pfütze näherte. Eine Kröte, die sich betont unauffälig gab. Allerdings war die wohl weniger auf ein Bad in der Pfütze aus, sondern hatte es vielmehr auf Clarissa abgesehen. Wenn er nicht schleunigst etwas unternahm, landete die kleine Biene womöglich in dem hungrigen Krötenmagen. »CLARISSA!« summte Perle Merle so laut er konnte. Vergeblich.

Clarissas Aufmerksamkeit galt ausschließlich der Wasseraufnahme. Mittlerweile befand sich die Kröte nur noch eine handbreit von Clarissa entfernt. Perle Merle musste handeln, schnell. Was genau er sich gewünscht hatte, bekam er im Nachhinein nicht mehr zusammen, es war aber wohl das Richtige. Denn als die Zunge der Kröte aus ihrem riesigen Maul in Richtung Clarissa schnellte, erstarrte die Kröte samt Zunge. Unverzüglich eilte Perle Merle zu Clarissa. Da sie noch immer abgelenkt war, stubste er sie unsanft an, woraufhin sie zwar missbilligend summte, sich aber trotzdem nicht beim Trinken stören ließ. Soviel Kaltschnäutzigkeit war Perle Merle selten vorgekommen, daher formulierte er in Gedanken den nächsten Wunsch. Aus der Pfütze wurde schwuppdiwupp eine wasserlose Sandkuhle. Clarissa hielt irritiert inne. »Das habe ich doch wieder dir zu verdanken?!«, summte sie wütend. »Du hast den See verschwinden lassen!«

»Ja, denn während du in aller Seelenruhe getrunken hast, habe ich dein Leben gerettet. Sieh nur, was sich hinter dir abgespielt hat.« Clarissa schaute hinter sich, wo die tödliche Gefahr, zu einem Standbild erstarrt, wartete. Doch anstatt über den Anblick erschrocken zu sein, summte sie nur gleichgültig: »Ja und? Eine Kröte mit langer Zunge. Sicherlich wollte sie ebenfalls etwas trinken.«

»Mag sein«, entgegnete Perle Merle, der noch immer nicht glauben konnte, wie gleichgültig Clarissa reagierte. »Vor allem aber hat sie Appetit auf kleine, leichtfertige Bienen!« Wieder zeigte Clarissa sich vollkommen unbeeindruckt. »Und wenn schon«, summte sie lapidar. »Zieh das Tuch wieder über die Augen und lass uns weiterfliegen. Wir haben noch ein Stückchen Weg vor uns.« Perle Merle war jedoch über das undankbare Verhalten der Biene sichtlich verägert. »Gemach, gemach«, grummelte er leise vor sich hin, »zuerst möchte ich etwas klären.« Er straffte die Schultern und atmete tief durch. »Sag mal, Clarissa«, sprach er nun seinen Unmut mit einer Entschlossenheit an, der man Gehör schenken musste, »du scheinst überhaupt keine Angst zu kennen. Wie ist das möglich? Sind dir Schicksalsschläge, ja, selbst der Tod egal?« Clarissa sah Perle Merle aus ihren großen Facettenaugen intensiv an. »Natürlich weiß ich um die Angst. Jeder kennt die Angst. Aber der einzige Weg, der Angst zu begegnen, ist die Angst zu akzeptieren. Die Frage ist nur, wovor man sich fürchtet. Mich versetzt weder eine Rauchschwalbe noch eine Kröte in Angst.«

»Aber sie könnten dich töten«, warf Perle Merle ein. »Gewiss, aber was macht das schon, wenn ich nur einen Monat lebe?« Perle Merle hatte seine Zweifel. »Der Tod läßt dich kalt? Das fällt mir schwer zu glauben!«

»Nun, es liegt nicht an mir, den Zeitpunkt zu bestimmen, wann ich sterbe, und auch nicht das Wie. Das Leben jedoch anzunehmen, das steht mir frei. Angst setzt Grenzen. Eitelkeit macht blind. Von unnützen Streitereien gar nicht anzufangen. Und um etwas zu bedauern, fehlt mir die Zeit. Daher lebe ich, als müsste ich jederzeit Abschied nehmen. Mein Leben besteht einzig aus Hingabe und Liebe zu meinem Volk.« In Perle Merle ratterte es und ein gedämpftes Gefühl von Neid stieg in ihm hoch. Ihn erwartete kein Volk, das auf seine Hingabe und Liebe vertraute. Seine Bestimmung ging andere Wege. Erwartungen paarten sich mit Angst und Überdruss, woraus diese unheilvolle Leere erwuchs. Diese Leere war Antrieb und Unmut zugleich, ermunterte ihn zu immer neuen Reisen, Begegnungen und Abenteuern. Aber hatte er dabei etwas gefunden, das ihm bei seinem Problem helfen könnte? Nein, nein und nochmals nein! Perle Merle blieb sich selbst fremd, ohne Ziel und ohne Bestimmung. »Was für ein schönes Gefühl, gebraucht zu werden. Was für ein befreiender Gedanke, keine Angst zu haben«, entfuhr es ihm aus tiefster Überzeugung. »Oh, so habe ich das nicht gemeint. Die Angst ist uns Bienen ein ständiger Begleiter.«

»Jetzt bin ich total verwirrt. Meintest du nicht, dererlei habe keinen Platz in deinem Leben?«

»Wenn es nur um mich als Individuum geht, so trifft das zu. Allerdings ist das Volk der Bienen vielen Gefahren ausgesetzt. Wir müssen ständig auf der Hut und wehrhaft sein. Mutig ist nur, wer auch die Angst kennt und damit umzugehen weiß. Eine einzelne, mutige Biene kann wenig ausrichten, nur gemeinsam sind wir stark – und klug. Nur als Kollektiv werden wir von Freund und Feind respektiert.« Clarissa schwang besonders stark mit den Flügeln. Und ja, sie hatte in Perle Merle einen Bewunderer gefunden - auch wenn der sich das nur ungern eingestehen wollte. Die Reise ging also weiter. Mit verbundenen Augen flog er erneut dem gleichförmigen Summen hinterher. Plötzlich fiel ihm die zur Regungslosigkeit verdammte Kröte wieder ein. Was sie wohl dachte, wenn sie aus der Erstarrung erwachte und mit ausgestreckter Zunge hungrig am Rande der Pfütze hockte, wo doch weit und breit keine Beute auszumachen war?

Überfall

»Wie ... wie weit ... wie weit ist es noch, Clarissa?« Mit verbundenen Augen und ohne jegliche Orientierung war der Flug für Perle Merle ausgesprochen eintönig und recht unbehaglich. Der beklemmende Gedanke, dass ein hungriger Vogel ihren Weg kreuzen könnte, ließ ihn nicht mehr los. Zudem hatte es merklich abgekühlt, da sie in kühlere Luftschichten gelangt waren. Unter diesen Umständen machte das Fliegen wirklich keinen Spaß. »Clarissa ... Clarissa, hörst du mich!?«

»Ja«, antwortete diese nur knapp. Irgendwie verständlich, schließlich musste sie die korrekte Flugrichtung sicherstellen und ihr wichtigster Navigator, die Sonne, schickte sich gerade an, hinter einen hohem Berg zu versinken, weshalb sie sich nun an Landschaftsmerkmalen orientieren musste. »Noch etwa 45.500 Flügelschläge, dann sind wir am Ziel«, informierte sie ihn dann aber doch noch. Was sollte er damit nur anfangen? Da er aber wusste, dass die Flügel einer Biene etwa 250 Mal in der Sekunde schlagen, könnte er die Antwort berechnen. Obwohl er kein Mathe-Genie war, kam er letztlich zum Schluss, dass die Antwort drei Minuten lautete. Und kaum, dass er das Ergebnis hatte, erklang auch schon Clarissas Kommando: »Achtung! Wir landen.«

Nachdem sie aufgesetzt hatten, konnte Perle Merle endlich das Tuch von den Augen nehmen. Blinzelnd sah er sich um. Der Landeplatz erwies sich als dicker, knorriger Eichenast, der sich in sicherer Höhe befand und nicht nur gute Aussicht bot, sondern auch ausreichend Fläche für eine reibungslose Landung.

Doch wo genau befand sich nun das Bienennest? Anscheinend nicht in unmittelbarer Nähe. »Ich kann dein Zuhause nirgends sehen«, sagte Perle Merle, sich noch immer umschauend. »Ja glaubst du, wir sind so dämlich und machen es unseren Feinden dermaßen leicht?« Ihr Summen klang ein wenig verächtlich. »Wie du sicherlich bemerkt hast«, fügte sie nun freundlicher hinzu, »sind wir auf einem Eichenast gelandet. Falls du dich erinnerst, ich habe dir gesagt, dass sich unser Nest hoch oben in einer Buche befindet.« Perle Merle ließ seinen Blick umherschweifen. In der Ferne machte er einen Baum aus, der ihn an eine Buche erinnerte. »Dorthinten steht eine, ist es das?« Clarissa nickte sichtlich zufrieden. »Sehr gut erkannt.«
»Na dann mal los.« Er wollte schon abheben, als Clarissa ein energisches Summen ertönen ließ. »Das könnte für dich problematisch enden. Wir Bienen erkennen uns am Körpergeruch. Dein Geruch ist fremd. Die Wächterinnen würden dich noch vor dem Einflugloch stoppen, im schlimmsten Fall sogar töten.« Die Sorge teilte Perle Perle nicht, konnte er sich doch wünschen, was er wollte. »Nun«, frohlockte er daher, »das mit dem Geruch lass mal meine Sorge sein.« Ein selsames, irgendwie schwer zu beschreibendes Summen ertönte. Als er neugierig aufblickte, entdeckte er eine weitere Biene, die sich forsch auf dem Eichenast niederließ. Sie ähnelte Clarissa, allerdings war ihr Köper um einiges gedrungner. Zudem besaß sie viel größere Augen und deutlich längere Fühler. Ihre Flügel wirkten irgendwie seltsam, so als gehörten sie vielmehr zu einer Fledermaus, denn zu einer Biene. Sobald die fremde Biene auf dem Ast gelandet war, schwänzelte sie emsig um Clarissa herum und summte aufgeregt: »Wespen ...! Überfall ...! Nest in Gefahr ...!« Das wiederholte sie mehrmals. Clarissa schwenzelte nun ebenfalls um die fremde Biene herum und zusammen erweckten sie den Eindruck, als vollführten sie einen fein einstudierten Tanz. Plötzlich hielt Clarissa inne. »Wartet hier, bis ich wieder zurückkomme!« Ihr Befehlston war unmissverständlich und duldete keine Widerrede.

Bevor sie losflog, warf sie Perle Merle noch einen warnenden Blick zu, gab aber keine weiteren Anweisungen. Verdutzt schaute Perle Merle dem winzigen, summenden Etwas nach, das sich schon nach wenigen Metern in Luft aufzulösen schien. »Was ist nur in Clarissa gefahren? Was hat sie vor?«, murmelte er nachdenklich. »Kämpfen«, summte die fremde Biene neben ihm und blickte ebenfalls gedankenverloren in Richtung der Buche. Als sie sich Perle Merle zuwandte, stand ihr das Erstaunen deutlich ins Gesicht geschrieben. »Ich heiße Perle Merle und sicherlich wunderst du dich über mein Aussehen.« Die Biene summte kurz, was mit gutem Willen als »Ja« gedeutet werden konnte. In wenigen Worten erzählte Perle Merle wie es dazu gekommen war, dass er sich jetzt hier, in dieser Situation befand. Daraufhin bat er die Biene, etwas von sich zu erzählen. Ob es Scheu, Eigensinn oder Ablehnung war, vermochte Perle Merle nicht zu sagen, die Biene schwieg jedenfalls beharrlich. ›*Vielleicht muss ich sie etwas ganz Einfaches fragen*‹, mutmaßte Perle Merle und erkundigte sich nach ihrem Namen. »Gelée Royal«, summte die Biene zögerlich. »Gelée Royal ...«, wiederholte Perle Merle nachdenklich und kramte dabei in seinem Gedächtnis. Irgendwie kam ihm der Ausdruck bekannt vor. Anscheinend war sich die Biene der Wirkung ihres königlichen Namens nur allzu bewusst, denn plötzlich sprudelte es nur so aus ihr heraus: Dass sie als Larve von einer Ammenbiene länger als vorgesehen mit der königlichen Nahrung, dem Gelée Royal, gefüttert worden war. Der Irrtum jedoch bald ans Licht gekommen war, wofür die nachlässige Ammenbiene zur Strafe mehrere Tage Wachdienst vor dem Flugloch hatte leisten müssen. Und dass sie seit diesem Malheur den Namen Gelée Royal trug, der ihr zum Trost von der Bienenkönigin hoch offiziell verliehen worden war. Die Bienenkönigin! Man stelle sich nur mal vor ... »Nun, ich fand, die Sache wurde unverhältnismäßig aufgebauscht«, summte Gelée Royal. »Im Grunde handelte es sich ja lediglich um einen kleinen Irrtum.« Während sie weiter munter mit den Flügeln surrte, wurde Perle Merle bewusst, was ihm an Gelée Royals Summen so anders vorgekommen war: Es klang, als würde sie lispeln. Mit Sicherheit rührte das von der ungewöhnlichen Flügelform her, die ihm bereits aufgefallen war. Gut möglich, dass diese aus den Extraportionen des königlichen Futters herrührte. Arme, ahnungslose Biene. Perle Merle verspürte das Bedürfnis, Gelée Royal irgendetwas Tröstliches sagen zu müssen, etwas, das sie erfreute. »Du trägst einen wirklich schönen Namen, Gelée Royal«, sagte er und betonte den letzten Teil möglichst feierlich. »Ohhhh ... so schön hat noch niemand meinen Namen ausgesprochen«, summte die Biene und strahlte regelrecht vor Stolz. »Dem Namen haftet eine gewisse königliche Note an, findest du nicht?«

»Gewiss, das ist mir sofort aufgefallen«, bestätigte Perle Merle. »Aber was anderes, habe ich dich vorhin richtig verstanden? Du sagtest, sie kämpfen? Heißt das, Clarissa ist in den Kampf gezogen?«

»Ja, sie verteidigt mit unseren Schwestern das Nest gegen die Wespen.«

»Und warum bist du dann nicht zusammen mit Clarissa geflogen, um das Nest zu verteidigen?« Gelée Royal ließ ein verlegenes Summen erklingen, in dem Wehmut und Bitterkeit schwangen: »Eine Drohne besitzt keinen Stachel und ist daher für die Verteidigung ungeeignet. UND ICH BIN EINE DROHNE!« Soso, eine Drohne! Perle Merle hatte keinerlei Ahnung, was eine Drohne ausmachte und für welche Aufgaben sie bestimmt war. Nun, das sollte sich ändern lassen. Bis Clarissa zurückkehrte, blieb sicher noch Zeit und diese konnte Gelée Royal nutzen, um ihm etwas über das Leben als Drohne zu erzählen. Perle Merle war ganz Ohr, denn das Herz der lispelnden Drohne schien übervoll. »Den lieben langen Tag sind wir Drohnen zum Nichtstun verdammt«, begann Gelée Royal dem inneren Groll Luft zu machen. »Und warum? Weil wir keine Ahnung vom Nestbau haben. Auch für die sachgemäße Betreuung des Nachwuchs sind wir wohl nicht qualifiziert genug. Ohne Stachel können wir weder uns noch das Nest verteidigen und schon gar nicht die Königen schützen. Ja, nicht einmal zur Selbstversorgung taugen wir. Beschwert sich eine Drohne darüber, so stößt sie auf Unverständnis. Angeblich hätte alles seine Richtigkeit. Statt zu lamentieren, solle sie dankbar sein, schließlich sei eine Drohne zu etwas Höherem auserkoren. Es heißt, wir seien sogar für den Fortbestand unseres Volkes verantwortlich! Aber ich«, Gelée Royal wirkte zerknirscht, »ich fühle mich ganz und gar nicht zu Höherem berufen. Ich möchte eine einfache Biene sein, eine Biene wie Clarissa – ausgestattet mit einem kräftigen Stachel. Die sich um den Nachwuchs kümmert und und zum Pollensammeln ausfliegt. Kurzum, mein sehnlichster Wunsch ist es, als weibliche Biene durchs Leben zu summen!« Wie würde Gelée Royal reagieren, wenn er wüsste, dass die Erfüllung seines Wunsches im Grunde nicht einmal einen Winmpernschlag entfernt lag? Wäre ihm in dem Fall sein Wunsch völlig absurd vorgekommen? Hätte ihn womöglich Panik erfasst? Gewiss, dem Wesen nach empfand er wie eine Biene, doch was wäre, wenn aus Theorie plötzlich Realität wurde? Perle Merle hatte den Gedanken kaum zu Ende gebracht, da geschah das Unwahrscheinliche: Die Drohne verwandelte sich vor seinen Augen in eine Biene. Aus dem Er wurde eine Sie. Wie war das möglich? Aktiv hatte Perle Merle keinen Verwandlungswunsch gewirkt; ihn weder gedacht noch ausgesprochen oder es sich gewünscht. Oder etwa doch? Nun, er hatte Mitleid mit Geleé Royal empfunden, mit ihm gefühlt und auch gelitten. Anscheindend hatte der Wunsch sich unbewusst seiner Gedanken bemächtigt und ist unversehens in Erfüllung gegangen. ›*Ja, so muss es wohl gewesen sein*‹, sinnierte Perle Merle und musste schmunzeln, als er zu Gelée Royal hinübersah, denn die hatte anscheinend noch keinerlei Bewusstsein für ihre wundersame Wandlung. »Fühlst du dich in irgendeiner Weise anders?«, fragte Perle Merle und betrachtete sein Gegenüber neugierig. »Wie meinst du das?«, entgegnete Gelée Royal sichtlich verwundert und Perle Merle fiel direkt auf, dass das Lispeln verschwunden war. »Wieso …? Ich … also jetzt, da du es erwähnst, fühle ich mich tatsächlich anders. Leichter, irgendwie beschwingter.« Gelée Royal drehte sich ein paar Mal um die eigene Achse. »Freu dich, Gelée Royal, du besitzt jetzt einen Stachel, zudem siehst du Clarissa zum Verwechseln ähnlich.« Verwirrt hielt sie inne. »Aber wie … wie ist das möglich?«, fragte Gelée Royal überrascht. »Ohne Zweifel, du bist jetzt eine Biene. Eine Biene, vor der jeder Respekt haben muss. Wie es dazu gekommen ist, ist nicht wichtig. Freu dich einfach, dass du nun so leben kannst, wie du es schon immer wolltest.« Wie sehr sich Gelée Royal freute, war nicht zu übersehen. Immer wieder fuhr sie den Stachel raus und rein. »Endlich kann ich mich um den Nachwuchs kümmern oder mit den anderen Pollen sammeln gehen. Vorher muss ich jedoch einer anderen Pflicht nachkommen: die Verteidigung unseres Nestes.« Ein grimmiges Summen ging nun von ihr aus. »Auf zur Buche, Perle Merle! Gemeinsam mit den anderen vertreiben wir die räuberischen Wespen!« Doch die Euphorie wollte auf Perle Merle nicht übergreifen. Clarissas mahnende Worte hallten bedrohlich in seinen Ohren nach. Sie mussten hier warten, so schwer es ihnen auch fiel. Besonders jetzt, da Gelée Royal endlich ihrer Bestimmung folgen wollte. »Wir sollten uns lieber an das halten, was Clarissa gesagt hat, bevor sie losgeflogen ist«, gab Perle Merle zu bedenken. »Aber das ist meine Chance, mich zu beweisen und ihnen beizustehen.« Perle Merle konnte sie gut verstehen, dennoch war Clarrisas Warnung eindeutig. »Meinst du, sie würden dich erkennen? Gerade in einer Gefahrenlage, wie sie aktuell herrscht, könnte ein überstürzter Schritt fatale Folgen haben.« Scheinbar zeigten die Worte Wirkung, denn die Biene wurde deutlich ruhiger. »Auch wenn es mir schwerfällt«, summte sie schließlich, »du hast wohl recht. Es wäre fatal, wenn mich meine Schwestern nicht erkennen.« Sie schwieg einen Moment. »Was, wenn sie mich in meiner neuen Rolle nicht akzeptieren und davonjagen?« Clarissas Worte kamen ihm wieder in den Sinn, dass Bienen sich am Körpergeruch erkennen und Fremde noch vor dem Ein- und Ausflugloch gestoppt, im schlimmsten Fall sogar getötet werden. Darüber sollte sich Gelée Royal jedoch keine Sorgen machen, wie er ihr versicherte. Im schlimmsten Fall würde er einfach den passenden Geruch herbeiwünschen. Mit dererlei Gesprächen flog die Zeit nur so dahin, bis eine sanfte Brise aufkam und im Laub der Eiche ein Lied säuselte. Ihm folgte bald die Abenddämmerung, die beinahe unmerklich, dafür aber stetig ihre Hände ausstreckte. Noch immer war Clarissa weder zu sehen noch zu hören. Eine Entscheidung musste getroffen werden. Und die Entscheidung fiel eindeutig aus – und der dafür nötige Wunsch war schnell formuliert.

Das Nest

Einem blitzschnellen Ausweichmanöver hatten sie es zu verdanken, dass nur Gelée Royals linker Fühler gestriffen wurde und sie nicht frontal mit der hektisch summenden Biene kollidiert sind, die ihnen allem Anschein nach von der Buche entgegenkam. »Kannst du nicht aufpassen!«, summte Gelée Royal verärgert. »Sieh nur, mein Fühler!« An dem waren zwar keine offensichtlichen Blessuren zu sehen, trotzdem umkreisten sich die beiden Bienen. »Oh, bitte entschuldige«, summte die Unfallverursacherin bestürzt. »Ich bin ganz konfus. Hier geht es drunter und drüber. Und ...«
»Ja, ja«, unterbrach Gelée Royal sie unwirsch, »mich interssiert weniger, wie es dir geht. Sind die Wespen vertrieben? Haben wir gesiegt? Nun sag schon!«
»In der Tat, die Wespen sind vertrieben«, japste die Biene. »Aber es war ein teurer Sieg. Viele Verletzte und Tote sind zu beklagen.« Perle Merle sah bestürzt zum Einflugloch des Bienennests hinüber. Dort war keine Wespe mehr auszumachen, dafür viele aufgeregt umherschwirrende Bienen. Die drei ließen sich auf einem Ast oberhalb des Einfluglochs nieder und beobachteten das weitere Geschehen. Schnell wurde deutlich, dass die aufkommende Dämmerung wie ein Beruhigungsmittel auf die aufgeregten Bienen wirkte. Eine nach der anderen zog sich müde und sichtlich abgekämpft in das Nest zurück. »Mir wird auch kalt. Außerdem ist bald Schlafenszeit«, summte die Unfallbiene und schwirrte ohne eine weitere Erklärung oder gar einen Gruß des Abschieds in Richtung Einflugschneise davon. Gelée Royal sah ihr nachdenklich hinterher. »Sie hat recht. Für heute ist alles getan. Lass uns ebenfalls ein warmes Plätzchen zum Schlafen suchen.« Perle Merle verspürte jedoch wenig Lust, inmitten des wuseligen Bie-

nenvolks zu nächtigen. Zudem war ihm im diffusen Schein des dämmerigen Himmels etwas aufgefallen, dem er nachgehen wollte. Und so verständigten sie sich darauf, dass jeder seiner Wege zog. Doch bevor Gelée Royal sich in seine Kolonie zurückzog, bedankte sie sich ganz herzlich für ihre wundersame Verwandlung.

Verschiedene Moose und Gräser wuchsen dicht um den Stamm der Buche herum, im zwielichtigen Schein schimmerten die aber nicht in sattem Grün, sondern waren mit auffälligen gelb-schwarzen und braun-grauen Farbtupfern durchzogen. Perle Merle ahnte bereits, dass es sich hierbei nicht um eine Laune der Natur handelte, als er sich mit einem mulmigen Gefühl im Bauch von seinem Platz erhob. Je näher er kam, desto deutlicher wurde die Trägodie, die sich unter ihm ausbreitete. Denn die aus der Ferne so lieblich anmutenden Farbtupfer waren in Wahrheit die verendeten Leiber zahlreicher Bienen und Wespen. Ein wahrlich grausiger Anblick bot sich ihm. Mal fehlte ein Fühler, ein anderes Mal das Bein, ab und an waren auch nur noch einzelne Gliedmaße zu sehen. Ein wahres Gemetzel hatte hier stattgefunden. Bestürzt flog Perle Merle über das Schlachtfeld hinweg. Mit bangem Herzen hielt er Ausschau nach Clarissa. War sie auch unter den Opfern? Doch wie sollte er sie erkennen? Bienen ähnelten einander so sehr, dass eine Unterscheidung zumindest rein optisch unmöglich war. An ihrem Summen, da war Perle Merle sich sicher, würde er sie sofort erkennen. Doch all diese Bienen würden nie wieder auch nur einen Flügelschlag machen.

Die Nacht kam auf samtschwarzen Schwingen, bestimmend und geheimnisumwoben. In einer schützenden Kuhle, die noch die Wärme des Tages gespeichert hatte, fand Perle Merle einen geeigneten Platz zum Schlafen. Zur Ruhe kam er allerdings nicht so schnell. Im bleichen Schein des Mondlichts ließ er die Geschehnisse noch einmal Revue passieren. Es war ein langer und bewegter Tag gewesen. Ein Tag mit vielerlei Gedanken und Empfindungen - guten und weniger guten. Ein Tag, der ein schwermütiges Herz zurückließ. Hatte Perle Merle sich bei den Wildschweinen wohlgefühlt? Nein. Hatte er Frischling Donald etwas Hilfreiches mit auf dem Weg geben können? Nein. War es ihm möglich, die toten Bienen wieder zum Leben zu erwecken? Nein. Und hätte er erwartet, dass eine kleine Biene Namens Clarissa sein Gemüt derart durcheinander bringen würde? Nein! Clarissa – sie war temperamentvoll, aber besonnen. Beharrlich, aber nicht stur. Voller Selbstvertrauen, aber nicht selbstgefällig. Ambitioniert, aber nicht großspurig. Perle Merle seufzte. Er vermisste sie.

Neben Kälte und Dunkelheit brachte die Nacht auch ein wenig Hoffnung mit sich. Sie bettete eine aufgewühlte, unstete Seele mit der Gewissheit, dass sich alles zum Guten wendete. Und Perle Merle vertraute darauf, weil er den Mut fand, sich selbst zu vertrauen. Er vertraute darauf, dass Clarissa friedlich bei ihrem Volk schlummerte. Dass sie am nächsten Tag wieder zur Schafgabe flog, wo Donald sie bereits erwartete, um ihr Ritual, genährt aus Trost und Sympathie, fortzuführen. ›*Jeder muss den Weg gehen, der für ihn vorgesehen ist. Unbeirrt, bis sich die eine Tür öffnet, die man ewig für verschlossen hielt.*‹ Auch sein Weg war vorbestimmt, dessen war er sich sicher, und würde ihn zuversichtlich gehen, weiter und weiter, bis das Ziel erreicht war, und auch er seine Bestimmung gefunden hatte.

10. Ramazotti Fantastico

Etwas empfinden und in den schönsten Farben ausschmücken, ist das eine. Es dann auch mit aller Konsequenz tun, das andere.

Am Strand

Der Wind trug ungestümes Gelächter herüber. Ein Lachen, wie es nur Kinder vermögen – arglos, spontan und voller Begeisterung. Es stimmte die vorbeischlendernen Leute neugierig. Weit mehr als das runde, blau-weiß gestreifte Zirkuszelt, das mit seinen notdürftig aufgesetzten Flicken schon bessere Zeiten erlebt hatte. Immer wieder hörte man Stimmen, die das Zelt als störend empfanden und der Ansicht waren, es würde den flach ins Meer führenden weißen Sandstrand verschandeln! Andere fragten sich, wie es sein könne, dass ausgerechnet an so einem idyllischen Ort soetwas geduldet wurde. Die meisten Menschen gingen missbilligend vorrüber. Nur einige wenige kamen näher, blieben stehen und warfen einen neugierigen, wenn auch flüchtigen Blick in das Zirkuszelt, aus dem das Lachen drang. Doch dieser kurze Moment reichte anscheinend aus, denn sobald sie sich wieder abwendeten, hatten sie stets ein Lächeln auf den Lippen und gingen beschwingt ihres Weges.

Unweit des Zeltes führte ein markanter Holzsteg auf das offene türkisfarbene Meer hinaus. Am Ende des Stegs, dort wo der Meeresboden in der Tiefe entschwand, saß Perle Merle, die Beine im Wasser baumelnd. Gedankenversunken schaute er auf die im Sonnenlicht glitzerne Wasseroberfläche, die sich unter ihm erstreckte, und hob immer nur dann den Blick, wenn der Wind das Lachen zu ihm hinübertrug. Perle Merle konnte sich lebhaft vorstellen, was in dem Zirkuszelt vor sich ging. Nein, im Grunde wusste er, wer für das viele Lachen verantwortlich war: sein alter Freund Piccolo Pesce. Wie Perle Merle herausgefunden hatte, war Pesce seinem Herzen gefolgt und in seine alte Heimat Apulien zurückgekehrt, wo er nun seinen eigenen, wenn auch be-

scheidenen Zirkus führte. Perle Merle nahm einen tiefen Atemzug, bevor er zu seinen eigentlichen Gedanken zurückkehrte. ›*Jeder muss den Weg gehen, der für ihn vorgesehen ist. Unbeirrt, bis sich die eine Tür öffnet, die man ewig für verschlossen hielt …*‹ Diese Worte waren ihm gestern Abend in den Sinn gekommen und ließen ihn seither nicht mehr los. Doch was so stimmungsfroh begonnen hatte, wurde von etwas Folgenschwerem verdrängt. Ein Gefühl, das unbeirrt und begierig an seiner Seele nagte, als triebe eine unwiderstehliche Kraft ihr Spiel mit ihm. Nun saß er hier, auf diesem Steg, ließ unschlüssig die Beine ins Wasser baumeln und wusste nicht, was er mit sich anstellen sollte. Etwas empfinden und in den schönsten Farben ausschmücken, ist das eine. Es dann auch mit aller Konsequenz tun, das andere. Pesce ausfindig zu machen, war ein Leichtes gewesen, ihm jetzt zu begegnen keineswegs. Was sollte er sagen? »Hallo Pesce, da bin ich wieder, wie geht es dir?« Nein, das würde ihm keinesfalls über die Lippen kommen. Allein der Gedanke daran verstärkte sein schlechtes Gewissen. Schließlich hatte er den Zirkus ALADIN wortlos verlassen, ohne sich von Pesce zu verabschieden. Und nun erschien er wie aus heiterem Himmel, als sei alles in bester Ordnung?
Doch das war es nicht allein. Zum schlechten Gewissen gesellte sich das Gefühl des Scheiterns. Allem Anschein nach hatte Pesce seine Bestimmung gefunden, sein Glück. Das Kinderlachen war der beste Beweis. Was aber hatte er vorzuweisen – noch dazu mit den besten Voraussetztungen ausgerüstet? Als wolle der Wind seinen Zwiespalt zerstreuen, trug er einen weiteren Schwall herzhaften Lachens zu ihm hinüber. Diesem Lachen konnten sich nur Menschen entziehen, die ein Herz aus Stein besaßen. Auf alle anderen wirkte es wie ein Magnet, der unausweichlich all die Zweifler, Pessimisten und Schwarzseher an diesen Ort des Frohsinns zog.

Weeeerrrtes Publikum

»Weeeerrrtes Publikum, seht und staunt. Vergesst den Alltag und lasst euch von dem großen, dem einmaligen Ramazotti Fantastico überraschen.« Die Stimme erreichte auch die hintersten Sitzreihen mühelos, doch der rote Samtvorhang verbarg den Sprecher vor dem Publikum. Als dieser sich hob, gab er die Sicht auf einen buntgekleideten Mann frei. Das musste wohl der angekündigte Ramazotti Fantastico sein, der überaus selbstbewusst von einem schlichten Holzpodest stieg und sich lächelnd dem Publikum zuwandte. Erwartungsvolle Freude lag in der Luft, was aber weniger an den Erwachsenen lag, die ein wachsames Auge auf ihre Sprößlinge hatten und wie Leuchttürme aus diesem Meer aus grenzenloser Vorfreude stachen. Natürlich gab es auch den ein oder anderen unter ihnen, der die wage Hoffnung spürte, der große Ramazotti Fantastico könnte tatsächlich eine Welt voller Wunder präsentieren und ihn aus seinem nüchternen Dasein befreien. »Weeeerrrtes Publikum!«, tönte Ramazotti Fantastico mit vergnüglich blitzenden Augen erneut, nun aber mitten in der kleinen Manege stehend. »Es erwartet euch aaaaatemberaubene Akrobatik der Eeeextraklasse ...« Perle Merle konnte sich ein Lächeln nur schwer verkneifen, denn besagter Ramazotti Fantastico war tatsächlich sein alter Freund Pesce. Und er hatte nicht nur dem Zirkus ALADIN den Rücken gekehrt, sondern auch seinen alten Künstlernamen abgelegt. Nun vereinte er alles in einer Person: Zirkusdirektor, Jongleur, Clown, Zauberkünstler und natürlich auch den Dompteur, wie Perle Merle gleich feststellen sollte. »Und jetzt bitte ich um einen großen Applaus für die phantaaaaastischen Artisten Muppi, Mappi, Mutze und Matze!« Ein weiterer Vorhang öffnete sich, woraufhin vier Hunde – ein Border Collie, ein Beagle, ein Pudel und ein Hund unbestimmter Rasse – ausgelassen hereinstürmten und um Ramazotti Fantastico herumsprangen. Ein heller Pfiff und geschwind formierte sich das fidele Quartett artig in einer Reihe. Auf einen weiteren Pfiff hin hoben die vierbeinigen »Artisten« artig die jeweils rechte Vorderpfote. Begeisterter Applaus erfüllte das Zirkuszelt. Doch das sollte nur der Anfang sein. Plötzlich standen Muppi, Mappi, Mutze und Matze aufrecht und strampelten munter mit den Vorderpfoten. »Sieh nur, Pappi«, rief ein Junge, »so macht unser Lupo auch immer, wenn er ein Leckerli haben möchte.« Ramazotti Fantastico lächelte und blickte verschmitzt ins Publikum. »Na, wer möchte den vier Artisten eine Belohnung geben?« Die Kinder tuschelten aufgeregt, doch keines traute sich so recht. »Nur keine Angst, das sind die nettesten Hunde von ganz Apulien.« Eine Frau erhob sich aus der tuschelnden Menge. Mit ihrer kleinen Tochter an der Hand trat sie forsch in die Manege. Ramazotti Fantastico beugte sich mit einem milden Lächeln zu dem Kind. »Und wie heißt du, kleine Dame?«

»Claudia«, antwortete das Mädchen zurückhaltend. »Schau mal, liebe Claudia, hier sind die Leckerli. Für jeden Hund eines. Wirf sie ihnen einfach zu.« Claudia nahm sie behutsam entgegen und tat wie ihr geheißen. Nacheinander schnappten die Artistenmäuler gierig zu. Erwartungsvoll sahen die Hunde zu dem Mädchen, um ja nichts zu verpassen, doch die hatte ihre Aufgabe bravourös erfüllt und wurde unter tosendem Applaus von ihrer Mutter wieder zu ihrem Platz geleitet. Doch damit war die Show für die Hundeakrobaten noch nicht vorrüber. Nun hielt Ramazotti Fantastico einen Reif in die Höhe, durch den die Hunde einer nach dem anderen springen mussten. Kaum war der letzte der Hunde hindurch, entflammte der Reifen. Hui, wie das Feuer loderte. ›Das sieht gefährlich aus. Werden die Vierbeiner den Sprung wagen?‹, dachte Perle Merle und beobachtete fasziniert das Geschehen in der Manege. Wieder ein Pfiff - Muppi, Mappi und Mutze sprangen, ohne zu zögern, einer nach dem anderen durch den brennenden Reif. Nur Matze zögerte. Die Promenadenmischung saß wie angewurzelt und jaulte kläglich, während er abwechselnd zwischen dem brennenden Reif und dem Ausgang hin und her blickte. Allerdings wurde Perle Merle den Eindruck nicht los, Matze schaue eher zu ihm. Dabei hatte er den Platz in der hintersten Reihe gleich neben dem Eingang extra gewählt, weil dort kaum etwas vom Scheinwerferlicht hinleuchtete und man so unbemerkt die Show ansehen konnte. Es war auch nur ein kleiner Wunsch nötig gewesen, um genau diesen Platz von der korpulenten Kassiererin mit dem freundlichen Gesicht zugewiesen zu bekommen, nachdem er das kleine Billet mit der Aufschrift »Zirkus RAMAZOTTI« bei ihr gelöst hatte. Genau wie Pesce alias Ramazotti Fantastico schien auch Agnes, wie er dank des leuchtend grünen Namensschilds auf ihrer Brust wusste, gleich mehrere Aufgaben zu erfüllen. Während er ihr ins Zelt gefolgt war, klagte sie in einem fort, dass das Programm heute überraschenderweise komplett ausgebucht wäre und sie vor lauter Arbeit vergessen habe, den Papagei namens Amadeus zu füttern.

»Matze! ... Matze! ... Allez hopp!« In der Stimme von Ramazotti Fantastico schwang zunehmend Ungeduld. Matze hingegen jaulte in den höchsten Tönen, ohne sich von seiner Position zu bewegen. »Matze ...!« Ramazotti Fantastico fuchtelte energisch mit dem brennenden Reif. Keine gute Idee, denn Matze geriet nun endgültig in Panik. Mit einem gequälten Jaulen flitzte er fluchtartig unter dem Reif hindurch und nahm neben seinen Freunden Platz. Im Gegensatz zu ihnen hatte er allerdings den Schwanz eingezogen und hielt den Kopf gesenkt. Ach herrje! Doch der einmalige Ramazotti Fantastico machte seinem Namen alle Ehre und verwandelte den Fauxpas umgehend in ein Erfolgserlebnis. »Einen großen Applaus für den klugen Matze!«, rief er überschwänglich, als habe Matze mit seiner Einlage der Show soeben das Sahnehäuptchen aufgesetzt. »Warum sich das Fell ansengen lassen, wenn es auch anders geht!« Das Publikum lachte unsicher und Perle Merle konnte den Gesichtern ansehen, dass sich der ein oder andere fragte, wer hier wohl cleverer war, der flüchtige Matze oder der wortgewandte Ramazotti Fantastico? Aber im Grunde war es egal, denn das Publikum hatte seinen Spaß und das war letztendlich das Wichtigste.

Nach der Hundeakrobatik folgte die »seeeensationelle Jongliershow«, darauf die »seeeeensationelle Zaubershow« und schließlich der »seeeensationell rechnende Papagei Amadeus«. »Amadeus, wie viel ist zwei mal zwei?« Amadeus krächzte vier Mal. Nun ja, mochte vielleicht der ein oder andere denken, das richtige Ergebnis wurde gewiss im vornherein einstudiert. »Amadeus, wie viel ist zwei plus zwei mal zwei?« Amadeus krächzte das richtige Ergebnis, woraufhin der erste, wenn auch verhaltene Applaus für Amadeus ertönte! Doch Pesce alias Ramazotti Fantastico war ein alter Hase in dem Geschäft und wusste um die Skepsis des Publikums. Herausfordernd richtete er sich an sein Publikum: »Wer möchte Amadeus eine Rechenaufgabe stellen?«, fragte er, woraufhin das Publikum natürlich sofort ansprang. Viele Arme wurden in die Höhe gereckt und ein Herr rief keck: »Drei mal vier minus zwei plus eins.« Triumphierend blickte er in die Runde, als habe er Amadeus soeben aufs Glatteis geführt. »Hast du gehört, Amadeus?« Ramazotti Fantasticos Stimme hatte einen schelmischen Unterton angenommen. »Hier hat dir aber jemand einen harten Brocken zugeworfen. Also zeig, was du draufhast.« Amadeus gab ein langes, beinahe höhnisch klingendes Krächzen von sich, bevor er mit dem korrekten Ergebnis auftrumpfte. »Bravo! Bravo! Bravo! Was für ein gescheiter Papagei«, erklang es von allen Seiten. »Der Papagei kann besser rechnen als du.« Direkt vor Perle Merle hatte sich eine Frau ihrem Jungen zugewandt, woraufhin der verlegen den Blick senkte, »blöder Papagei« zischte und an seiner Jacke herumnestelte. Als die große Pause verkündet wurde, beeilte sich Perle Merle, möglichst schnell aus dem Zelt zu kommen – und stieß in seiner Eile mit der Kassiererin Agnes zusammen. »Ja, wo brennt's denn?«, rief diese kopfschüttelnd und betastete vorsichtig ihren Dutt. »Müssen Sie aufs Klo? Toiletten finden Sie gleich ums Eck.«

»Nein, nein«, druckste er verlegen, da er ihr nicht verraten wollte, dass er sich in Wahrheit vor einer Begegnung mit Pesce drückte. »Ich dachte, ich hätte irgendwo einen Imbissstand gesehen.« Agnes nickte verstehend. »Ach, Sie haben Hunger.« Sie setzte eine bekümmerte Miene auf. »Bis vor wenigen Tagen stand hier tatsächlich noch eine kleine Würstchenbude – aber die musste leider schließen.«

»Ach, wie schade.«

»Ja, das ist es. Schlimmer ist jedoch, dass auch unser Zirkus hier verschwinden muss.« Perle Merle sah sie fragend an. »Der Herr Ramazotti Fantastico«, begann sie nun zu erzählen, »hätte das Zelt hier am Strand niemals aufbauen dürfen. Für derlei Veranstaltungen ist mitten in der Stadt die Piazza Rustico vorgesehen. Doch die Miete kann man sich kaum leisten, schon gar nicht ein kleiner Zirkus wie dieser. Daher ist das heute auch unsere letzte Vorstellung.« Sie zuckte bedauernd die Schultern. »Schade, wirklich schade, ja, aber so ist es nun einmal«, murmelte sie vor sich hin und machte sich auf den Weg ins Zelt.

Es kommt, wie es kommt

Der strahlende Nachthimmel wölbte sich wie eine mit Sternen gefüllte Schale über ihm – der Mond groß und bleich mittendrin. Einzig das Meer, das in sanften Wellen im fahlen Mondlicht ans Ufer schwappte, war zu hören. Wenn man genau hinsah, konnte man auf dem Steg eine Silhouette ausmachen, die gelegentlich den Blick hob und eine Weile lang die funkelnden Sterne betrachtete, als stünden dort sämtliche Weisheiten des Universums geschrieben.

Nach der Pause war Perle Merle nicht mehr zu seinem unauffälligen Platz im Zirkus RAMAZOTTI zurückkehrt, sondern hatte dem Bedürfnis nachgegeben, allein mit seinen Gedanken den Strand entlangzugehen. Ruhigen Schrittes und tief in seine Grübeleien versunken, war er durch den Sand gelaufen, bis ein weit ins Meer hinausreichender Felsvorsprung ihm den Weg abgeschnitten hatte. Normalerweise hätte Perle Merle das Hindernis einfach weggewünscht, doch diesmal hatte er sich einen anderen Weg gesucht, der ihn geradewegs durch die mit Strandhafer bewachsenen Küstendünen führte. Weiter und weiter war er gelaufen, bis ihm erneut ein Hindernis in Form einiger verlassener Fischerhütten den Weg abschnitt. Doch wieder akzeptierte er, dass er nicht weiterkam, und drehte ab, anstatt sich mittels Wunsch einen Durchgang zu bahnen. Begleitet wurden seine regelmäßigen Schritte von tiefen, ruhigen Atemzügen, die ihm dabei halfen, die anfangs noch recht unstrukturierten Gedanken zu ordnen, sodass sie irgendwann einem Bach gleich munter vor sich hin murmelten. Eine frohe Vorahnung schien ihn zu lenken und mit jedem Schritt wuchs die Erkenntnis, sich etwas Wunderbarem zu nähern, ohne zu wissen, was es sein könnte.

Nur wenig später saß er erneut auf dem Holzsteg und ließ die Beine baumeln. Diesmal drang jedoch kein Gelächter zu ihm hinaus. Nicht verwunderlich, schließlich war die Zirkusvorstellung längst beendet und nur der Schrei einer einsamen Möwe durchbrach das Rauschen des nachtschwarzen Meeres. ›*Was hat dieser Ort nur an sich, dass er mich derart anzieht?*‹, sinnierte Perle Merle und spürte direkt, wie ein wohliges Gefühl sein Innerstes wärmte. Irgendwie war die Vorstellung tröstlich, dass ihm dieses Gefühl vielleicht für immer erhalten bleiben könnte. Doch nüchtern betrachtet, wusste er, alles hat seine Zeit und ist einem stetigen Wandel unterworfen. Dinge ändern sich, das wusste er aus eigener Erfahrung nur allzu gut. Auch für den Zirkus RAMAZOTTI würde es morgen keine Vorstellung mehr geben. Perle Merle zuckte unweigerlich zusammen. ›*Morgen schon!*‹ Stand sein wohliges Gefühl vielleicht mit dem Zirkus in Verbindung? War dies womöglich sogar der Platz auf Erden, der ihm sowohl eine Aufgabe als auch Erfüllung gleichermaßen bot? ›*Nun, er könnte …*‹ Perle Merle schüttelte entschieden den Kopf. Nein. Nein und nochmals nein! Er würde seinem Wunsch diesmal auf keinen Fall nachgeben. Er musste loslassen, damit das geschehen konnte, was auch immer das Schicksal für ihn bereithielt.

Schwer zu sagen, wie lange Perle Merle gedankenverloren auf dem Steg saß – die Augen geschlossen und in ein tiefes Schweigen gehüllt. Doch irgendwann blickte er wieder auf und lächelte sanft in das bleiche Mondlicht hinein. Ein wenig gute Fee könnte er aber durchaus spielen. Dieses Mal für Pesce Piccolo, dem kleinen Fischlein, mit dem unverzagten Herzen. Seinem alten Freund, dem zu begegnen er sich so fürchtete. Und wieder spürte Perle Merle dieses wohlige Gefühl, das seiner Leere immer mehr den Platz streitig machte.

11. Piazzo Rustica

»Meine Angst flüsterte in einem fort: Du wirst scheitern. Ja, du wirst scheitern! Doch meine Seele beruhigte mich: Versuche es, versuche es nur. Du wirst es schaffen!«

Stellen Sie sich das mal vor!

Piazzo Rustico - der Name war Programm. Ein Platz in einer eher ländlichen Umgebung, aber mit diesem speziellen provinziellen Charme. Es gab Marktstände lokaler Anbieter, die mit ihren Waren den täglichen Bedarf deckten, zudem einen Brunnen, der die Menschen im Sommer erfrischte und mit seinem steten Plätschern dem Platz eine anheimelnde Stimmung verlieh. Natürlich gab es auch die ein oder andere Sitzgelegenheit, von der aus man das zuweilen geschäftige Treiben beobachten konnte. Doch, sapperlot, nun stand dort ein großes Zelt! Eine unerwartete blau-weiß gestreifte Dreistigkeit. Sofort wurde getuschelt und die wildesten Vermutungen machten in der Stadt die Runde. Dass es nicht mit rechten Dingen zuginge, da war man sich recht schnell einig. Schließlich könne niemand unbemerkt ein Zirkuszelt über Nacht aufbauen. Oder hatte womöglich doch wer etwas gehört? Und wie lange sollte es dort nun stehen? Sicherlich gab es hierfür überhaupt keine Genehmigung. Immerhin hatte der Betreiber das Zelt auch widerrechtlich am Strand aufgestellt. Die Verwunderung war groß, doch wie erging es Ramazotti Fantastico damit? Normalerweise war er es gewohnt, von sanftem Meeresrauschen geweckt zu werden, nun dröhnte Straßenlärm an seine Ohren. Neugierig, wie das denn sein konnte, eilte er aus dem Zelt und traute seinen Augen nicht: Autos und Fahrradfahrer, hektisch herumeilende Fußgänger?
Wo waren das Meer, der Strand und die Möwen geblieben? Und wieso stand sein Zelt mitten in der Stadt auf dem Piazza Rustica? Ramazotti Fantastico drehte sich ungläubig im Kreis und versuchte, Antworten auf die vielen Fragen in seinem Kopf zu bekommen, als er eine wohlbekannte Stimme vernahm. »Ramazotti Fantastico ... Ramazotti Fantastico ...!«, rief Kassiererin

Agnes außer Atem und eilte so schnell ihr üppiger Körper es zuließ, weder nach links noch nach rechts schauend, auf ihn zu. »Ramazotti Fantastico ... Ramazotti Fantastico ...!« Ihr kunstvoll drapierter Dutt löste sich mit jedem Schritt, so dass die Haare nun in losen Strähnen hinabhingen. »Ein Wunder ... ein Wunder ist geschehen ...«

»Wohl wahr, ein ziemlich großes sogar«, murmelte er noch immer perplex. »Sie glauben ja gar nicht«, sprudelte es aus Agnes nur so heraus, sobald sie vor ihm zum Stehen gekommen war, »wie mir das Herz in die Hose grutscht ist, als unser Zirkuszelt plötzlich nicht mehr da war! Ohne das Hinweisschild, auf dem steht, dass der Zirkus nun für vierzehn Tage auf der Piazza Rustico gastiert, hätte ich Sie nicht so schnell gefunden.« Sie atmete ein paar Mal tief ein. »Vierzehn Tage auf der Piazza Rustico. Unvorstellbar, das kostet sicher ein Vermögen.«

»Gewiss«, murmelte Ramazotti Fantastico, »das tut es sicher.«

»Aber nicht uns!«, triumphierte Agnes. »Uns kostet es keinen Cent. Stellen Sie sich das mal vor. Während ich da so ganz ratlos am Strand stand und das Schild betrachtete, kam ein fremder Mann auf mich zu. Gut, nicht ganz fremd, ich hatte ihn gestern schon bei der letzten Vorstellung getroffen. Er stellte sich neben mich und fragte, ob ich wissen wolle, was hier vor sich ginge – was ich natürlich wollte. Daraufhin entgegnete er mir lächelnd, ich solle mir keine Sorgen machen. Ein großer Bewunderer des einmaligen Ramazotti Fantastico hätte die Miete für den Stellplatz auf der Piazza Rustico bereits im Voraus bezahlt. Stellen Sie sich das mal vor! Anscheinend wusste dieser um unsere miesen Finanzen.«

»Soso«, murmelte Ramazotti Fantastico und rieb sich das Kinn. »Wie hieß denn der fremde Mann?«

»Ach herrje.« Agnes schlug sich gegen die Stirn. »Das habe ich in der ganzen Aufregung vollkommen vergessen zu fragen. Aber mit Sicherheit kam er nicht aus dieser Gegend, denn er sprach mit einem fremden Akzent. Außerdem war er für die

hiesige Gegend recht ungewöhnlich gekleidet. Ich kann es immer noch nicht glauben.«
»Soso«, murmelte Ramazotti Fantastico erneut. »Soso.« Tief in Gedanken versunken, ging er zurück ins Zirkuszelt.

Hereinspaziert!

Wie schnell sich die Dinge ändern. Gut gelaunt und überaus fröhlich gestimmt, machte sich eine große Zahl Kinder samt ihrer Eltern auf den Weg in die Nachmittagsvorstellung des Zirkus RAMAZOTTI. Sie folgten einer Anzeige in der hiesigen Tageszeitung, die damit warb, dass der Zirkus die erste Vorstellung als Willkommensgruß auf der Piazza Rustico gratis anbot. Ein kostenloses Vergnügen lockte natürlich selbst die größten Skeptiker an – dementsprechend war die Aufregung und der Andrang groß. Vor dem Zelteingang, inmitten all des Trubels, stand ein Gitarre spielender Ramazotti Fantastico. Geübt entlockten seine Finger den Saiten wohlklingende Laute und dazu sang er:

Hereinspaziert! Hereinspaziert!
Ob groß oder klein, ob jung oder alt,
macht heute mal im Zirkus halt.
Erlebt in diesem bunten Zelt
Spaß und Spiel, ganz ohne Geld!
Hereinspaziert! Hereinspaziert!

Hinter einem Baum, nicht weit entfernt, stand Perle Merle und beobachtete das Geschehen. Er freute sich diebisch, dass sein Plan so hervorragend aufgegangen war. Das Gefühl, seinem alten Freund Pesce geholfen zu haben, rumorte wie ein Schwarm wildvergnügter Schmetterlinge in seinem Bauch. Als endlich alle Gäste im Zirkuszelt verschwunden waren, wollte nun auch Perle Merle ins Zelt hineinschlüpfen und die Vorstellung genießen. Doch noch immer stand Agnes unschlüssig vor dem Eingang.

»Sie!«, rief sie überrascht und freudig zugleich, als er sich gerade unauffällig an ihr vorbeistehlen wollte. »Sie schon wieder?!«
»Ja, ich schon wieder«, echote Perle Merle leicht genervt. »Möchten Sie noch einmal die Vorstellung anschauen? Leider muss ich Sie enttäuschen. Alle Plätze sind bereits belegt.«
»Nicht alle. Eine Platzreservierung müsste noch offen sein. Es handelt sich dabei um den gleichen Sitzplatz, auf dem ich gestern schon saß.« Agnets Augen weiteten sich vor Erstaunen. »Ah, dann sind Sie der Herr Perle Merle, auf den ich noch gewartet habe.« Süffisant lächelnd wedelte sie mit der Eintrittskarte. »Ich dachte schon, der Platz bliebe leer.«
»Nun, wie Sie sehen, bin ich gekommen.« Schwuppdiwupp schnappte sich Perle Merle die Karte und schickte sich an, das Zelt zu betreten. Doch so einfach ließ sich Agnes nicht abwimmeln. »Bitte entschuldigen Sie meine Neugier, aber darf ich fragen, aus welchem Land Sie kommen?« Perle Merle verzog seinen Mund zu einer Schnute. »Oooch, lassen Sie mir doch mein kleines Geheimnis.« Agnes ließ nicht locker. »Aber ich bin doch nun einmal so schrecklich neugierig.« Perle Merles Ausdruck veränderte sich und auf einmal blitzte aus seinen Augen der Schalk. »Na gut, ich verrate es Ihnen. Wenn Sie heute Nacht auf die Rückseite des Mondes schauen, finden Sie sicher auch gleich den Polarstern. Wenn Sie die beiden Gestirne durch eine imaginäre Gerade verbinden, liegt auf etwa halber Strecke ein weiterer Stern, dessen heller Strahl auf die Erde leuchtet. Und dort, wo dieser auftrifft, dort befindet sich meine Heimat.« Agnes machte großen Augen, bekam aber kein Laut über die Lippen. Und während sie sich seine Worte noch einmal durch den Kopf gehen ließ, verschwand Perle Merle im Zelt.

Flucht

»Weeeerrrtes Publikum, seht und staunt. Vergesst den Alltag und lasst euch von dem großen, dem einmaligen Ramazotti Fantastico überraschen«, tönte Ramazotti Fantastico, der die Rolle des Musikanten nun gegen die des eloquenten Conférenciers eingetauscht hatte. Ja, Entertainment war schon immer Pesces Stärke gewesen. »Weeeerrrtes Publikum ...! «, verkündete er und stieg mit imposanter Geste von dem schlichten Holzpodest. Während er die nun folgenden Attraktionen ankündigte, lächelte er mal nach links, dann wieder nach rechts. Er wusste ganz genau, was sein Publikum hören und vor allem sehen wollte. »Und nun bitte ich um Applaus für die fantaaaaastischen Artisten Muppi, Mappi, Mutze und Matze!« Ein weiterer Vorhang öffnete sich und das Perle Merle bereits bekannte Hundequartett sauste in die Manege. Wie schon am Vortag ertönte ein heller Pfiff, woraufhin sich das Quartett brav in einer Reihe aufstellte. Ein weiterer Pfiff und die vier Fellakrobaten hoben die rechte Pfote. Perle Merle wusste direkt, was als nächstes kam – und sollte recht behalten, denn nur einen Augenblick später standen die vier aufrecht und strampelten munter mit den Vorderpfoten. Ramazotti Fantastico lächelte und blickte verschmitzt ins Publikum. »Na, wer möchte den vier Artisten eine Belohnung geben?« Diesesmal meldete sich der Vater eines achtjährigen Jungen, den er nun energisch hinter sich herzog. »Sehr schön. Und wie heißt der tapfere, junge Mann?«, wollte Ramazotti Fantastico von dem Jungen wissen, aus dessen Gesicht sämtliche Farbe gewichen schien.

»Luca«, antwortete der Junge in weinerlichem Tonfall. Offensichtlich fühlte er sich ausgesprochen unwohl in der ihm aufgezwungenen Rolle. »Nun denn, lieber Luca, hier sind die Leckerli.

Für jeden Hund eines. Wirf sie ihnen einfach zu.« Aber danach stand Luca so gar nicht der Sinn und fing an zu weinen. Und wieder zeigte sich, dass Ramazotti Fantastico auch mit einer Situation wie dieser umzugehen wusste. Er kniete sich vor den Jungen und sah ihn mitfühlend an. »Du hast vor den Hunden Angst, richtig?«, fragte er mit ruhiger Stimme. Luca nickte, woraufhin Ramazotti Fantastico ebenfalls nickte. »Das kann ich gut verstehen. Möchtest du wissen, wie ich meine Angst überlistet habe und zu dem großen, dem einmaligen Ramazotti Fantastico wurde?« Der Junge nickte abermals. »Und ihr?« Ramazotti Fantastico wandte sich nun auffordernd dem Publikum zu. »Ihr wollt das sicher auch wissen?« Die Resonanz hielt sich jedoch in Grenzen. Nur vereinzelt war ein »Ja« zu hören. Ramazotti Fantastico wirkte einen Moment überrascht, dann änderte sich sein Ausdruck. Ein listiges Funkeln trat in seine Augen. Er schaute nach links, dann nach rechts, holte tief Luft und verkündete: »Wer möchte auch hier in der Manege stehen und das Publikum mit grandiosen Kunstücken begeistern?« Köpfe ruckten herum, sahen sich irritiert um, einige begannen zu tuscheln. »Möchtet ihr den Applaus bekommen, den ihr euch schon immer gewünscht habt?«, übertönte er die Menge. »Möchtet ihr wie der Wind sein, frei und ungebunden?« Ramazotti Fantasticos orkangewaltige Stimme durchdrang nun das gesamte Zelt. »Jaaaaa …!« Das gesamte Zelt vibrierte regelrecht unter der Vielzahl an Stimmen und dem ungezügelten Fußgetrampel, das die Rufe begleitete. Ramazotti Fantasticos Gesicht erstrahlte vor Genugtuung. Nun, wenn einer die Wünsche der Kinder kannte, dann er. Denn im Körper dieses gestandenen Mannes schlug nicht nur ein Herz im ungestümen Takt eines Kindes, sondern es stemmte sich auch eine leidenschaftliche Seele behaarlich gegen die Enge eines imaginären Käfigs namens Erwachsensein.

Ramazotti Fantastico hob seine Hände und blickte lächelnd in die Runde. »Glaubt an eure Träume. Lebt eure Träume und sie werden in Erfüllung gehen.« Und er begann zu erzählen. Seine Geschichte füllte wie ein betörender Duft auch noch den letzten Winkel des Zelts. Gebannt lauschte das Publikum seinen Worten und hörte, wie Ramazotti Fantastico einst im Zirkus ALADIN – weit entfernt von diesem Ort – als Clown die Gäste unterhalten hatte. Wie ihn tagein, tagaus das Heimweh geschmerzt und seine Sehnsucht nach dem weiten, ungezähmten blauen Meer gewachsen war, ihm aber der Mut gefehlt hatte, sein Auskommen im Zirkus ALADIN aufs Spiel zu setzen. »Trost und Halt bekam ich damals vom Publikum, dass mit einer Mischung aus Anteilnahme und Amüsement über meine Missgeschicke lachte. Und natürlich von meinem besten Freund Archie, der als Zauberer im Zirkus ALADIN auftrat. Mit ihm teilte ich mir den Wohnwagen, bis ... ja, bis Archie auf Nimmerwiedersehen verschwand und Trost und Halt mit ihm gingen. Mit einem Mal änderte sich alles. Ich konnte mir einfach nicht erklären, was vorgefallen war, warum ausgerechnet mein bester Freund ohne einen Gruß oder ein Wort des Abschieds gegangen war. Vielleicht war ihm nicht bewusst, wie viel er mir bedeutet, womöglich hatte ich ihn auch unwissentlich gekränkt ... Wer weiß das schon? Irgendwann wurde mir jedoch bewusst, dass mich all meine Grübeleien und all die Verzweiflung nicht weiterbrachten. Ich musste mich davon lösen. Und dafür gab es nur einen Weg: Ich musste ebenfalls den Zirkus ALADIN verlassen.« Ramazotti Fantastico machte eine kurze Pause, damit auch jeder seine Worte nachvollziehen konnte. »Dieser Schritt fiel mir sehr schwer«, erklärte er mit einem tiefen Seufzen. »Meine Angst flüsterte in einem fort: Du wirst scheitern. Ja, du wirst scheitern! Doch meine Seele beruhigte mich: Versuche es, versuche es nur. Du wirst es schaffen! Doch letzlich war es mein Traum, welcher mich an die Hand nahm und beherzt durch die Angst führte. Dieser Traum schlummerte schon eine Weile in mir, war nur immer so leise, dass ich ihm keine Beachtung schenkte. Dann jedoch wurde er lauter und nahm mehr Raum ein. Wisst ihr ...« Ramazotti Fantastico zögerte kurz, schien nach den passenden Worten zu suchen. »Ich ... ich hatte immer Angst, Fehler zu machen. Vor allem Neues oder Unbekanntes bereitete mir Unbehagen. Was konnte nicht alles passieren?! Meine Fantasie wurde nicht müde, mir diese Optionen in den schrecklichsten Farben auszumalen. Doch mein Traum schützte mich wie ein großer Bruder. Allgegenwärtig und beständig nährte er meine Neugierde und Freude, half mir, jeden Tag etwas Neues zu wagen. Und dann geschah das, was einem Wunder gleichkam: Meine Angst wich aus meinem Herzen, wurde kleiner und schwächer - verlor sich schließlich. Und mein wunderbarer Traum ging in Erfüllung. Ich wurde zu dem, den ihr heute in dieser Manege erlebt: Ich wurde der große, der einmalige Ramazotti Fantastico!« Im Zirkuszelt war es so leise, man hätte eine Stecknadel zu Boden fallen hören.

›Was wohl in den Köpfen der Kinder vorging? Konnten sie sich in Ramazotti Fantasticos Lage hineinversetzen? In die eines Mannes, der nicht nur eindringlich zu erzählen wusste, sondern sein Schicksal grandios gemeistert hatte?‹ Perle Merle traute sich kaum zu atmen. Er befürchtete, dadurch all ihre Blicke auf sich zu lenken. Auf ihn, der Pesce gewissenlos im Stich gelassen hatte. Dessen Worte halten weiter in ihm nach. ›Bis Archie auf Nimmerwiedersehen verschwand und Trost und Halt mit ihm gingen.‹ Am liebsten wäre Perle Merle aufgesprungen und hätte laut in die Manege hineingerufen: »Mein lieber Pesce. Piccolo Pesce. Ich bin zurück! Entschuldige, dass ich damals sang- und klanglos verschwunden bin und dich im Stich gelassen habe. Das war dumm, ja geradezu egoistisch von mir. Bitte, bitte verzeih mir!« Doch Perle Merle blieb wie angewurzelt sitzen. Kein Wort drang über seine Lippen. Er war noch nicht so weit.

Auch Ramazotti Fantascico überlegte, was wohl in den Köpfen der Kinder vorging. Vielleicht ahnten sie, dass sie eines Tages auch eine kurvenreiche Lebensgeschichte erzählen würden.

Oder sie hofften, dass diese sich ebenso lebendig, facettenreich und hoffnungsfroh erzählen ließe wie die Geschichte von Ramazotti Fantastico.

Mit einem Ruck, als müsse er sich gewaltsam von seinen Erinnerungen trennen, von denen er sicherlich mehr als genug preisgegeben hatte, wandte sich Ramazotti Fantastico wieder dem Jungen zu. »Weißt du was? Wir werden die Hunde gemeinsam belohnen. Einverstanden?« Lucas bleiches Gesicht bekam ein wenig Farbe zurück und ein zuversichtliches Lächeln breitete sich darauf aus. Blitzschnell verschwand das erste Leckerli in Muppis Schnauze. Und auch die anderen Hunde schlangen ihre Leckerbissen gierig hinunter. In Erwartung einer weiteren Runde wedelten sie freudig mit den Schwänzen. Spontaner Beifall brauste auf. »Na also, wer sagt's denn«, verkündete Ramazotti Fantastico und sowohl Vater als auch Sohn verließen leichten Schrittes die Manege.

Ramazotti Fantastico fuhr im Programm fort und hielt erneut einen Reif in die Höhe, durch welchen die Hunde nacheinander sprangen. Der Moment war gekommen, das Highlight der Hundeakrobatik stand an. Und dafür wurde auch heute der Reifen in Flammen gesteckt. Ein Pfiff - Muppi, Mappi und Mutze sprangen ohne zu zögern hindurch. Und erneut blieb die Promenadenmischung Matze wie angewurzelt sitzen und jaulte kläglich, während sein Blick immer wieder in Richtung Ausgang ging. »Matze! ... Maaatze! ... allez hopp!« Matze jaulte, bewegte sich aber nicht von der Stelle. »Maaatze ...!« Ramazotti Fantastico fuchtelte energisch mit dem brennenden Reif. Dann passierte es – Matze nahm Reißaus. Anstatt wie tags zuvor bei seinen Artgenossen Schutz zu suchen, zwängte er sich heute den schmalen Gang zwischen den Sitzreihen entlang, der in Richtung Ausgang führte. Matze rannte, als ginge es um sein Leben, und sprang mit einem herzhaften Sprung aus dem Zirkuszelt hinaus. »Komm zurück!«, schrie ihm Ramazotti Fantastico über das verwunderte Gemurmel des Publikums hinweg hinterher. Doch vergeblich. Und Perle Merle? Perle Merle nahm ohne zu zögern die Verfolgung von Matze auf.

12. Gut gemacht, Lotti!

Kein Ziel, keine Hast, kein Begehren
bedrängten ihn. Er war frei, ohne sich leer
zu fühlen. Seine Seele spiegelte die Weite
und Klarheit des Meeres. Das Gefühl der
Leere war der Unendlichkeit von Dankbar-
keit und Liebe gewichen.

Rush Hour

Rush Hour! Das bedeutete, viele Fahrzeuge versuchten zur selben Zeit die selben Straßen zu nutzen. Zumeist waren es Pendler, die von oder zu ihrer Arbeitsstätte eilten. Wobei »eilen« der Situation nur bedingt gerecht wurde. Zudem gab es einen Unterschied zwischen dem morgendlichen und dem abendlichen Verkehr. Während die Mobilisten in der Früh meist noch schlaftrunken waren und ihr Gefährt mit routinierter Gleichmütigkeit steuerten – Ausnahme waren natürlich jene, die zu spät dran waren und den Zeitdruck ausgleichen mussten –, wurde nach Feierabend die Straße zur Rennstrecke. Jeder wollte so schnell es ging nach Hause und ein jeder Fußgänger tat gut daran, die Straße mit Bedacht zu überqueren.

Ein Hund machte sich darüber keine Gedanken. Für ihn waren Autos, überhaupt alles, was sich auf dem Asphalt fortbewegte, einzig übelriechende, lärmende Gebilde, die weder zum Fressen noch zum Beschnuppern taugten. Letztendlich ein Graus für jede Hundeseele und zu meiden, wann und wo immer es ging. Wenn jedoch ein Vierbeiner panisch vor etwas Reißaus nahm, dann vergaß er schon mal seine Abneigung und ignorierte die damit verbundene Gefahr. Matze folgte seinem Instinkt, um den vermeintlichen Unheil zu enkommen - und rannte doch geradewegs hinein.

Matze

Den vorbeieilenden Passanten fiel der streunende Hund, der ein imagineres Ziel zu verfolgten schien, kaum ins Auge. Deutlich auffälliger war da schon der keuchende Mann, der dem Hund hinterherzurennen schien; verbissen bemüht, mit ihm Schritt zu halten. Plötzlich änderte der Hund seine Richtung, wollte die Fahrbahn nun wohl von rechts nach links überqueren. Dann ging alles sehr schnell. Quietschende Reifen und ein dumpfes Aufprallgeräusch folgten. Der Autofahrer hatte nicht mehr rechtzeitig bremsen können, weshalb der Hund von der rechten Fahrzeugfront erfasst wurde. Einige Passanten blieben erschrocken stehen. »Ach herrje, der arme Hund. Lebt er noch?« Kreidebleich sprang der Fahrer aus dem Auto und auch Perle Merle war zur Stelle. »Ist das Ihr Hund!?«, ranzte der sichtlich betroffene Fahrer Perle Merle an, woraufhin der ein leises »Nein« murmelte, das sich jedoch augenblicklich falsch anfühlte. Der Fahrer schien das jedoch anders zu sehen. »Unsinn! Natürlich gehört Ihnen der Hund. Warum stehen Sie sonst hier?!«, schimpfte er und ließ noch weitere schroffe Worte folgen, die Perle Merle jedoch nicht mehr wahrnahm. Langsam ging er in die Knie, hob den Hund behutsam auf seine Arme und streichelte ihn sanft. Und siehe da, der Hund öffnete schwach die Augen. In seinem Blick stand weder Angst noch Ungewissheit, dafür aber ein Urvertrauen, dass sein Schicksal nun in guten Händen lag. Dem Himmel sei Dank, Matze lebte. Langsam, ohne weiter auf den Fahrer oder sein Umfeld zu achten, entfernte sich Perle Merle mit Matze auf seinen Armen vom Ort des Geschehens. Das hinderte die gaffenden Passanten allerdings nicht, ihn ungefragt mit ihren Kommentaren zu überschütteten. Äußerungen wie »Hunde gehören an die Leine ...«, »Was für ein unnachtsamer Hundehalter ...« oder »Wenn das nun jeder machen würde ...« schwirrten wie giftige Pfeile durch die Luft. Anhaben konnten sie Perle Merle jedoch nichts, denn sie prallten an seinem Schild aus Mitgefühl und Fürsorge ab.

Glück

Wer das Gefühl kannte, so tief in eine Situation versunken zu sein, dass das Drumherum komplett nebensächlich wurde, konnte Perle Merles Verhalten sicher verstehen. Gewiss, er gab ein ungewöhnliches Bild ab; seltsam entrückt und mit dem Hund auf seinem Arm. Doch fernab des Unfallgeschehens schien sich daran niemand zu stören. Eher im Gegenteil, die Passanten lächelten ihm zu, ohne den Anblick zu hinterfragen. Vielleicht lag dies an der einnehmenden Ausstrahlung und der Ruhe, die Perle Merle verströmte, die sich wohltuend von der allgemeinen Hektik abgrenzte. Nur wenige würden in diesem Moment tiefer blicken und erkennen, dass der Mann auf eine wundervolle Weise glücklich war, weil er sich um das Wohlergehen einer anderen Seele bemühte.

Knochen für Matze!

Kurz vor Sonnenuntergang hatte Perle Merle die Stadt hinter sich gelassen. Sein Weg führte zum Strand. Das gleichförmige, beruhigende Rauschen der Wellen begrüßte ihn und der rauhe Atem des Meeres besänftigte sein Gemüt.

Noch immer trug er den Hund, ging mit ihm den Strand entlang, bis ihm der Felsvorsprung den Weg versperrte. Und wieder wählte Perle Merle den schlängelnden Pfad, der sie durch die mit Strandhafer bewachsenen Küstendünen führte. Er lief weiter und weiter, schließlich gelangte er zu den Fischerhütten. Eigentlich blieb ihm jetzt nur der Weg zurück. Etwas ihn ihm regte sich, schien bei dem Gedanken zu protestieren. Einer Eingebung folgend trat Perle Merle auf eine der Fischerhütten zu. Die Tür war zwar nur angelehnt, dennoch wäre es Perle Merle nicht in den Sinn gekommen, ungefragt irgendwo einzudringen, daher klopfte er gegen das verwitterte Holz. Kein »Herein« ertönte, alles blieb ruhig. Nun trat er doch zaghaft ein. Im Zwielicht erkannte er einen karg möbilierten Raum mit einer Liege, einem Tisch und zwei Stühlen. Als er näherkam, entdeckte er auch eine Feuersstelle mit rauchschwarzem Abzug, der sich im Dunkel des Dachstuhls verlor. Der dicken Staubschicht nach zu urteilen, hatte sich seit geraumer Zeit hier niemand mehr blicken lassen. Perle Merle bettete Matze vorsichtig auf die Liege. Der Hund hatte die Augen geschlossen und rührte sich nicht, doch sein Brustkorb hob und senkte sich in regelmäßigen Abständen. Er schien zu schlafen. Das war beruhigend. ›*So ein Hund ist zäh*‹, sprach Perle Merle sich selbst Mut zu und beschloss, ihn aufzupäppeln, sobald er aufwachte. Derweil setze er sich neben

Matze und streichelte sanft dessen kurzes, seidiges Fell, bis auch ihn der Schlaf einholte.

›*Wo bin ich?*‹, schoß es ihm durch den Kopf, als er erwachte. Es dauerte einen Moment, ehe er wieder klar denken konnte. Der Raum war über Nacht merklich ausgekühlt und das fahle Sonnenlicht, das durch die trübe Fensterscheibe fiel, offenbarte zwar einen Kosmos feiner Staubpartikel, die durch die Luft flirrten, konnte diesen aber noch nicht erwärmen. Perle Merle rieb sich verschlafen die Augen. Sein Gedankenkarussell kam langsam in Schwung. ›*Matze ...!*‹ Matze lag noch immer auf der Liege. Die Augen leicht geöffnet, schaute er mit einer Mischung aus Erwartung und Misstrauen zu ihm hoch. Perle Merle überlegte, dass Matze eine Stärkung sicherlich gut vertragen könnte. Wie wäre es mit ein paar saftigen Knochen? Kein Problem. Perle Merle brauchte sich diese ja nur zu wünschen. So zumindest die Theorie. Denn zu seiner großen Verwunderung passierte auch nach mehrmaligen Versuchen – nichts. »Hmmm ...« Perle Merle war ratlos. Vielleicht musste er die Sache anders angehen. Na gut, dann wünschte er sich eben Geld und holte die Knochen beim Metzger. Aber auch dieser Wunsch erfüllte sich nicht. Perle Merles Verzweiflung wuchs. Hilflos schaute er sich um. ›*Ach herrje, was nun?*‹ Perle Merle ließ sich entmutigt auf einen Stuhl plumpsen, als er ein metallisch klingendes Geräusch wahrnahm und etwas in seiner Gesäßtasche fühlte. Hastig sprang er auf und siehe da, schon förderte er einige Münzen zu Tage. Nicht viele, aber wohl genug, um dafür beim Metzger ein paar saftige Knochen zu bekommen.

Nachdem er sich versichert hatte, dass es Matze gut ging und er wieder ruhig schlief, machte Perle Merle sich auf den Weg in die Stadt. Sein Weg führte ihn an Meister Scontrosos Bäckerei vorbei, aus der es bereits am frühen Morgen lecker nach frischen Pane und Panini duftete. Sein Magen knurrte hungrig, doch erst einmal musste er die Knochen für Matze besorgen. Neben der Drogerie fand er schließlich die Metzgerei Macellaio. Perle Merle hatte Glück. Das Geschäft hatte eben erst geöffnet. Meister Macellaio, wie groß auf seiner weißen Schürze zu lesen war, stand freundlich lächelnd hinter der Ladentheke. »Guten Tag, der Herr, was darf es sein?«, begrüßte er Perle Merle schwungvoll. »Ich bräuchte ein paar saftige Knochen.« Meister Macellaio nickte und verschwand im Hinterraum, aus dem er nur wenig später mit einer Schüssel voller Knochen zurückkehrte. »Darf es noch was sein, der Herr?« Perle Merle verneinte und legte seine Münzen auf die Theke. In der Hoffnung, es könnte den eventuell fehlenden Betrag wettmachen, legte er seinen treuherzigsten Dackelblick auf, als der Metzger ihm die Tüte über den Tresen reichte. Als er den bescheidenen Münzberg registrierte, hielt er in seiner Bewegung inne. »Mein lieber Herr, das reicht gerade einmal für einen Knochen, nicht aber für diese große Menge!« Ach herrje, nur ein Knochen. Wie sollte Matze mit solch einem kleinen Happen nur zu Kräften kommen? Meister Macellaio schien solcher Art Misere nicht fremd zu sein. Er schaute Perle Merle prüfend ins Gesicht. »Es bestünde die Möglichkeit ...«, begann er, »dass Sie sich in der Metzgerei ein wenig nützlich machen könnten. Wenn Sie damit einverstanden sind, gehören die Knochen Ihnen.« Perle Merle konnte sich zwar nur schwer vorstellen, wie er sich in der Metzgerei nützlich machen könnte. Aber wenn er bei der ihm zugedachten Arbeit keinem Tier etwas zu leide tun musste, sollte das passen. Und so bedankte er sich für das Angebot und versprach, am nächsten Vormittag wiederzukommen, nahm die Tüte mit den Knochen und machte sich damit auf den Weg zurück zur Fischerhütte. Hätte er sich beim Rausgehen noch einmal umgedreht, so wäre ihm sicher der Blick von Meister Macellaio aufgefallen, der ihn mit einer Mischung aus Wohlwollen und Bedenken hinterhersah.

Der beste Freund

Aus Hundeaugen betrachtet, ist die Welt der Menschen ein Ort voller Irrtümer. Vieles, was für Zweibeiner wichtig ist, ist für Fellnasen ohne Belang. So ist ihnen zum Beispiel vollkommen egal, welchen Beruf wir ausüben, ob wir arm oder reich sind. Wie wir aussehen. Sie haben keine Vorbehalte. Ihre Bedürfnisse liegen anders. Und dennoch finden Hund und Mensch zusammen. Oftmals verbindet sie sogar ein einzigartig inniges Verhältnis. Woran also mag das liegen? Nun, auch wenn unsere Lebensweise, unsere Marotten und Ideale für den Vierbeiner unbedeutsam sind, wir sind es nicht! Nicht umsonst heißt es, der Hund ist des Menschen bester Freund. Nun gut, ein paar Kriterien müssen wir dennoch erfüllen, um uns der Treue zu versichern. Natürlich sollten die Grundbedürfnisse gestillt sein, viel bedeutender ist jedoch die Zuneigung, die er von uns erfährt. Sind diese Punkte gegeben, schenkt der Hund seinem Menschen vollstes Vertrauen. Allerdings nur solange dieses Band nicht reißt.

War es Zufall, Schicksal oder Bestimmung, dass Matze in Perle Merles Leben getreten war? Oftmals genügt es schon, ein winziges Rädchen im großen Getriebe zu verändern, und das Lebensrad wählt eine andere Richtung.

Eigentlich hieß Matze gar nicht Matze. Den Namen hatte Ramazotti Fantastico gewählt. Vor der Zeit im Zirkus wurde Matze Grazia gerufen, was soviel wie Anmut heißt, und die Promenadenmischung war auch kein Rüde, sondern eine Hündin. Warum aber wurde Grazia zu Matze? Grazia erblickte in einem Wohnwagen als eines von drei Welpen das Licht der Welt. Dieser

Wohnwagen gehörte mehreren Straßenmusikern, die so von Stadt zu Stadt fuhren. Sie spielten auf Märkten, öffentlichen Plätzen, bei Events – also überall dort, wo ihre Kunst geschätzt und honoriert wurde. Schon früh bekam Grazia einige einfache Kunststücke beigebracht, damit sie später etwas zum Lebensunterhalt der Musiker beitragen konnte. Doch dazu sollte es nicht kommen, denn eines Nachts brach Feuer im Wohnwagen aus. Grazia und ihre beiden Geschwister fürchteten sich schrecklich und flüchteten panisch in die dunkle Nacht hinaus. Hinter einem großen Findling, weit weg von dem Feuer, fand Grazia Unterschlupf. Doch in ihrer Angst hatte sie ihre Geschwister aus den Augen verloren. Und so verbrachte sie zusammengekauert und frierend die Nacht im Schutz des großen Steins. Allerdings sollte es noch schlimmer kommen. Als sie am nächsten Morgen zu dem Wohnwagen zurückkehren wollte, fand sie den Stellplatz leer vor. Ob die Musiker ohne Grazia weitergezogen waren oder sie sich nur verlaufen hatte, war nicht zu sagen. Sie suchte mal in der einen Richtung, dann in der anderen – ohne Erfolg. Auch alles Jaulen half nichts, niemand antwortete ihr. Grazia blieb allein.

Erst Stunden später vernahm sie plötzlich Stimmen in der Ferne. Als sie sich den Geräuschen näherte, sah sie, dass ein Zirkus sein Zelt aufgeschlagen hatte. Der erste Mensch, auf den sie traf, war Zirkusdirektor Ramazotti Fantastico. Als dieser den anscheinend herrenlosen Hund bemerkte, rief er erfreut: »Welch ein Glück, dich hat geradewegs der Himmel geschickt!« Es verhielt sich nämlich so: In der Nacht zuvor war ein Rüde namens Matze verstorben und dieser Matze musste nun schnellstmöglich ersetzt werden. Da kam Grazia gerade recht. Und so begann eine ebenso turbulente wie aufregende Zeit für sie. Der Zirkusbetrieb verlangte ihr alles ab. Denn neben den täglichen Trainingseinheiten und dem Einüben neuer Kunststücke galt es auch, mit ihren Kollegen Muppi, Mappi und Mutze auszukommen. Zudem musste sie sich an ihren neuen Namen Matze gewöhnen. Da blieb wenig Raum, sich wehmütig an alte Zeiten zu erinnern. Glücklicherweise fand sie schnell Gefallen am quirligen Zirkusleben. Die Auftritte in der Manege, der Applaus des Publikums, die Leckerli – all das gefiel ihr. Bis Ramazotti Fantastico eines Tages die Idee mit dem Feuerreif hatte. Es kam, wie es kommen musste. Eines Tages wurde sie von ihrer Panik übermannt, woraufhin Grazia Hals über Kopf aus der Manege stürzte, hinaus auf die Straße – direkt hinein in ein fahrendes Auto. Aber wieder hatte sie Glück. Ein fremder Mann, der es gut mit ihr meinte, nahm sich ihrer an. Trug ihren verletzten Körper zu einer Hütte, wo er sie auf eine Liege bettete. Er bemerkte sehr bald, dass sie kein Rüde, sondern eine Hündin war. Grazia schlief viel, es ging ihr schlecht. Ihr ganzer Leib schmerzte schrecklich. Aber der Mann war bei ihr, brachte ihr sogar leckere Knochen. Grazia hatte jedoch keinen rechten Appetit und leckte nur ein wenig daran. Doch der Mann war ihr nicht böse, schüttelte nur nachdenklich den Kopf. Auf einmal schmunzelte er, als sei ihm etwas Nettes eingefallen. Er blickte sie eindringlich an und sagte: »Lotti«. Als sie nicht reagierte, wiederholte er das Wort noch einmal: »Lotti«. Und Grazia begriff, von nun an hieß sie Lotti.

Schabefleisch

Perle Merle schlug sich gegen die Stirn. Wie sollte ein verletzter Hund – Pardon, eine Hündin, wie er mittlerweile wusste –, die Kraft aufbringen, um einen Knochen zu zerbeißen? Schabefleisch, ja, er hätte durch den Fleischwolf gedrehtes Fleisch mitbringen sollen. Perle Merle versuchte es noch einmal mit Wünschen. Vergebens. Der erwartungsvolle Blick des Hundes entlockte Perle Merle ein Lachen. Plötzlich musste er an seine alte Tante Lotti denken. Wegen ihrer fehlenden Zähne hatte sie auch nicht richtig beißen können und ihre Suppen daher stets geräuschvoll geschlürft. Ja, Lotti wäre ein schöner Hundename. »Lotti«, rief Perle Merle, doch die Hündin reagierte nicht. »Lotti ... Lotti ...« Erst beim dritten Mal wandte sich die Hündin – vormals Matze und nun Lotti – Perle Merle zu. »Morgen bringe ich dir Schabefleisch mit.« Und die frisch getaufte Lotti schaute ihn mit treuherzigen Augen an, als hege sie keinerlei Zweifel daran.

Wie versprochen, erschien Perle Merle am nächsten Morgen in der Metzgerei. »Na, dann wollen wir mal!«, begrüßte ihn Metzgermeister Macellaio und führte ihn in einen der hinteren Räume. Die Neonleuchten und die hellblauen Kacheln, die sowohl Boden als auch Decke schmückten, erzeugten ein seltsames Licht. Überall standen stählerne Bottiche, in denen abgepackte Fleischpakete lagen. Diese Pakete mussten nun gewogen und etikettiert werden. Dafür war Perle Merle zuständig. Noch schnell eine weiße Gummischürze umgebunden und schon konnte es losgehen: Fleischpaket aus dem Bottich holen, auf die Waage legen, Gewicht ablesen, Ergebnis aufs Etikett schreiben. Etikett schließlich auf das abgepackte Fleisch kleben und in die danebenstehende Transportbox stapeln. Fleischpaket aus dem Bottich holen, auf die Waage legen, Gewicht ablesen ... So ging es in einem fort. Das Fleisch war eiskalt, der Raum nicht minder. Auch wenn die Hände sich eifrig regten, so wurden sie irgendwann dennoch steif. Trotzdem war Perle Merle heiter gestimmt. Die gleichförmige Arbeit schien auf ihn wie ein Heilmittel zu wirken, das seiner Seele Frieden gab. Als auch das letzte Fleischpaket gewogen war, ging er leichten Schrittes zu Metzgermeister Macellaio und fragte, was noch zu tun sei. Der meinte, dass seine Schuld mehr als beglichen wäre, und ihm obendrein noch ein Obolus an Knochen zustünde. »Könnten Sie mir statt der Knochen vielleicht eine Portion Schabefleisch einpacken?«, fragte Perle Merle und erzählte ihm, dass Lotti die Knochen nicht beißen könne. »Tjaaa ...«, Metzgermeister Macellaio rieb sich das Kinn und erklärte, dass Perle Merle für Schabefleisch etwas länger arbeiten müsse. Da es heute in der Metzgerei aber keine Arbeit mehr für ihn gab, könne er sein Glück bei Bäckermeister Scontroso gleich schräg gegenüber versuchen. Der benötigte wohl immer mal eine Aushilfskraft. Für die Vermittlung würde Metzgermeister Macellaio Backwaren von Bäckermeister Scontroso erhalten, so dass Perle Merle zu guter Letzt dann doch noch sein Schabefleisch erhalten würde.

Gesagt getan. Bäckereister Scontroso war über die Aushilfskraft hoch erfreut, denn es wartete eine ganze Batterie schmutziger Backformen und Kuchenbleche darauf, saubergemacht zu werden. Nun dann, frisch ans Werk. Nach getaner Arbeit, bekam Perle Merle von der Frau des Bäckermeisters noch ein paar herrlich duftende Panini zugesteckt. Zudem erwartete ihn, wie versprochen, Metzgermeister Macellaio mit einer frischen Portion Schabefleisch.

Selbst für einen Hund, der kaum Appetit verspürte, war frisch gewolftes Fleisch eine verführerische Sache. Sie brauchte zwar etwas, aber irgendwann hatte Lotti – ganz zur Freude Perle Merles – die ganze Portion verspeist. Am nächsten Tag versuchte Perle Merle erneut sein Glück bei Metzgermeister Macellaio. Der hatte jedoch keine Arbeit für ihn und schickte ihn daher gleich weiter in die Bäckerei. Doch auch dort fand sich nichts für ihn zu tun. Allerdings wusste Bäckermeister Scontroso Rat. Ein paar Häuser weiter befand sich ein Obst- und Gemüseladen. Frau Contadino hatte einen großen Schwung Äpfel und Kirschen bekommen. Nicht alles davon war für den Verkauf geeignet, weshalb einiges aussortiert werden musste. So kam es, dass Perle Merle heute, anstatt Fleisch abzuwiegen oder Backformen und Kuchenbleche zu säubern, unreife oder angefaulte Früchte aussortierte. Sobald die Arbeit getan war, überreichte Frau Contadino ihm eine Schale voller Blaubeeren. Er bedankte sich und machte sich auf den Weg. Dabei kam er wieder an der Bäckerei vorbei, wo bereits Frau Scantroso auf ihn wartete und ihm wieder ein paar herrlich duftende Panini zusteckte. Auch Metzgermeister Macellaio stand vor seinem Laden und übergab ihm mit einem breiten Lächeln eine Portion Schabefleisch.

So ging es auch die nächsten Tage. Hatte Metzgermeister Macellaio Arbeit für ihn, so bekam er nicht nur eine Portion Schabefleisch, sondern auch die duftenden Panini und das Obst. Ebenso lief es ab, wenn er bei Herrn Scontroso oder Frau Contadino aushalf. Die drei Geschäftsleute sprachen sich untereinander ab, wer an welchem Tag Perle Merles Hilfe benötigte. Damit er aber ausreichend versorgt war, deponierten die jeweils anderen Händler ihre Gaben für ihn dort, sodass er jeden Abend vollbeladen in die Fischerhütte zurückkehrte. Das Leben meinte es gut mit ihm. Besonders gut tat Perle Merle jedoch, dass seine Arbeit geschätzt und er stets mit einem Lächeln empfangen wurde.

Einvernehmen

Es kam der Tag, an dem Lotti erstmals vorsichtig von der Liege sprang. Ihre Beine wackelten zwar noch, aber endlich besaß sie genügend Energie, die Hütte zu erkunden, in der sie nun schon längere Zeit zur Untätigkeit gezwungen war. Sie schnüffelte hier, schnüffelte dort. Trank ein wenig Wasser. Immer wieder vergewisserte sie sich, ob Perle Merle noch auf der Liege saß. Der ließ sich derweil seine Panini und die Blaubeeren schmecken. »Keine Angst, Lotti, heute bleibe ich hier«, nuschelte er mit vollem Mund. »Ich bin mir sicher, in ein paar Tagen kannst du die Hütte verlassen.« Lotti schnüffelte erwartungsvoll am Fressnapf. Vielleicht fand sich darin ja doch noch ein Klecks von dem leckeren Fleisch. Schließlich tappte sie zu Perle Merle und legte ihren Kopf auf sein Knie. Ihrer beider Blicke trafen sich und Perle Merle verstand. Lotti war bereit, die Hütte zu verlassen. Wenn er vorausging, würde sie ihm ohne zurückzublicken überall hin folgen.

Aufbruch

Es war ein warmer Morgen und ein angenehmes Lüftchen wehte durch die offene Tür herein. Die Sonne hatte es gerade über den Horizont geschafft und vertrieb auch noch den letzten Anflug von Dunst. Es würde ein herrlicher Tag werden. Perle Merle stand in den Türrahmen gelehnt und schaute aufs offene Meer hinaus. Mit tiefen Atemzügen sog er die würzige Seeluft ein, woraufhin ein Lächeln seine Lippen umspielte. Es gab nichts, das ihn drängte. Er war frei, allerdings ohne sich leer zu fühlen. Seine Seele spiegelte sowohl die Weite als auch die Klarheit des Meeres. Das Gefühl der Leere war endloser Dankbarkeit und Liebe gewichen. Sein Blick glitt zu dem großen Rucksack, in dem sich nicht nur Wurst, Brot und Obst, sondern auch eine doppelte Portion Schabefleisch für Lotti befand. Metzgermeister Macellaio hatte ihm diesen gestern mit den Worten »Eine kleine Wegzehrung, mit lieben Grüßen von Bäckermeister Scontroso und Frau Contadino« überreicht. Perle Merle war überrascht gewesen. Ja, morgen wollte er mit Lotti die Fischerhütte verlassen. Wohin sie gehen wollten? Das war ungewiss. Doch das Ungewisse schreckte ihn in diesem Moment nicht. Sein Unterbewusstsein, seine Intuition, würde ihn schon führen, dessen war er sich gewiss. Alles hatte seine Zeit. Vielleicht hatten die drei Geschäftsinhaber geahnt, dass der Abschied gekommen war, und es müßig wäre, nach dem Warum zu fragen. Daher hatten sie ihm ohne Vorbehalte von Herzen alles Gute gewünscht und ihm mit diesem großzügigen Präsent ihre Wertschätzung gezeigt. Unwillkürlich sprudelten aus Perle Merles Erinnerungen vergangene Episoden wieder hoch. Xenos! Der gute Xenos, der Verblendstein, dem das Schicksal so übel mitgespielt hatte. Der, anstelle eines luxuriösen, luftigen Daseins in bester Lage, nun ein spartanisches Leben in völliger Dunkelheit führte. Doch darüber war Xenos nicht unglücklich. Im Gegenteil, er betrachtete sein jetziges Dasein als Chance, sich in Demut und Dankbarkeit zu üben. War das Weisheit oder Einsicht? Sprach daraus nicht vielmehr die Notwendigkeit, aus einer misslichen Lage das Beste zu machen? Nun, sei es, wie es sei, allem Anschein nach hatte Xenos unter einer dicken Schicht Putz seinen Frieden gefunden. Für Perle Merle wäre dieses Schicksal keine Option gewesen. Dann schon lieber das schnurrige Leben der Philosophin Lucy. Ihr Optimismus und ihre Leichtigkeit ließen Probleme wie Butter in der Sonne schmelzen, Lösungen wie Pilze wachsen. Sie nahm für sich das Bestmögliche in Anspruch und bekam es auch. Vielleicht lag das an ihren Maximen, von denen ihm eine besonders in Erinnerung geblieben war: ›Du kannst nicht negativ denken und Positives erwarten. Glücklich bist du nur, wenn du dir vornimmst, auch glücklich zu sein.‹ Von dieser Gesinnung sollte sich der kleine Frischling Donald eine Scheibe abschneiden. Sofort verwarf Perle Merle sein voreiliges Urteil wieder. Ein Wildschwein war nun einmal anders veranlagt als eine Katze. Allerdings gab es Ausnahmen. Wie zum Beispiel ein Frischling, der sich mehr für schöne Blumen und geheimnisvoll sprudelne Bäche interessierte, anstatt mit seinen Geschwistern herumzubalgen. Der eine Biene zur Freundin hatte, um bei ihr Kraft zu tanken, über seine Gefühle und Neigungen zu sprechen, um Zuspruch und Trost zu finden. Auf diese Idee musste jemand erst einmal kommen. Kurzum, für einen Schöngeist hatte sich Donald wacker geschlagen. Nun gut, die Biene verstand Donald in Wahrheit nicht. Genaugenommen wollte sie sogar ihre Ruhe haben. Doch spielte das eine Rolle? Nein! Donald hatte geglaubt, woran er glauben musste. Eine Illusion? Ja, gewiss. Doch diese Illusion schadete niemandem. Im Gegenteil: Sie half einem desorientierten Frischling das Leben zu meistern. ›Ich habe keine Zeit, keine Zeit! Muss arbeiten, arbeiten!‹, hallte es in Perle Merles Erinnerung, als wären die Worte soeben erst erklungen.

Clarissa! Die resolute, furchtlose Biene. Dieses kleine quirlige Etwas, das die Arbeit mehr schätzte als das Ergebnis. Das die Angst akzeptierte, ohne ängstlich zu sein. Er dachte an ihren gemeinsamen Flug, der beinahe in einer Katastrophe geendet hätte. Ihm wurde ganz wehmütig ums Herz, als er sich in Erinnerung rief, wie diese tapfere Biene ihm erklärt hatte, dass es eine Ehre sei, ihr aufregendes, kurzes Leben bereitwillig der Gemeinschaft zu opfern. Unwillkürlich glitten seine Gedanken zu Gelée Royal, der Drohne wider Willen. Dessen innigster Wunsch es war, ein sinnerfülltes Leben als weibliche Biene zu führen – mit einem wehrhaften Stachel und eingebunden in die Aufgaben bezüglich des Nachwuchses und der Pollensuche. Noch immer konnte er sich nicht erklären, wieso dieser Wunsch auf so wundersame Weise in Erfüllung gegangen war. Perle Merle nickte abwesend, als müsse er seinen erstaunlichen Begegnungen Nachdruck verleihen. Ja, er hatte viel gesehen, viel erlebt! Doch was nun? Wohin würde die Reise jetzt für ihn gehen? Was müsste er zurücklassen? Was nahm er mit? Was brauchte er wirklich? War er, ohne es bemerkt zu haben, ein anderer geworden? Jemand, mit dem er sich erst noch zu arrangieren lernen musste? Sein Optimismus drohte mit dem Wind hinaus aufs Meer getragen zu werden, als er ein feines, aufmunterndes Winseln vernahm. »Ja, Lotti, wir gehen jetzt.« Perle Merle atmete tief durch, bevor er zuversichtlich den schweren Rucksack schulterte. Ein letztes Mal den Blick über das weite Meer schweifen lassen. Ein letztes Mal das endliche Gefühl des Augenblicks spüren. Die Tür fiel zu. Im Schrei der Möwen machte er sich auf den Weg. Eine milde Brise blies eine uralte Melodie, welche die Spuren eines Mannes und die eines Hundes sanft und ohne Hast bald mit feinem Sand bedeckt haben würde.

13. Kontemplation

Fliege über's Haus
Atme deinen Atem
Lache mit der Zeit
Welchen Klang hat dein Leben?

Vermutungen

Loko sollte Recht behalten. Die Geschichte über Perle Merle hatte mich mitgerissen. Meine Fantasie war mit mir auf Entdeckungstour gegangen und auch wenn Loko nun schwieg – keine Ahnung, wie lange schon – sah ich noch immer das weite blaue Meer vor mir. Schmeckte die würzige Seeluft und spürte die sanfte Brise. Auch das Geschrei der Möwen ... Unwillig, es an dieser Stelle enden zu lassen, folgte ich meinen Bildern und spann die Geschichte weiter. Vor meinem inneren Auge ging Perle Merle mit Lotti den Strand entlang, streifte durch die Stadt und schaute noch einmal bei Metzgermeister Macellaio vorbei. Bestellte im Cafe einen Cappuccino, wo er endlich den Entschluss fasste, sich seinem alten Freund Pesce zu erkennen zu geben. Dann verblassten allmählich die Bilder und ich kehrte auf die Bank zurück, saß wieder neben dem schweigenden Loko. »Und – wohin ging Perle Merle?«, fragte ich interessiert, jedoch mehr meiner Fantasie als Loko zugewandt. »Woher soll ich das wissen?« Loko antwortete mit einem offenen Lächeln, woraufhin ich ihn irritiert ansah. Loko behielt sein Lächeln bei. »Sind Sie enttäuscht? Fehlt Ihnen das Happy End? Ein Happy End würde gut zu der Geschichte passen, oder?« Ich nickte zwangsläufig. »Tja, es ist unklar, wie die Geschichte endet. Ob sie überhaupt schon beendet ist, ja, ob sie sich überhaupt so zugetragen hat.« Kurzes Schweigen. Loko wollte offensichtlich, dass die Botschaft ankam. »Die Geschichte wurde mir dereinst erzählt«, begann Loko erneut, »wie sie sicherlich bereits andernorts mehrere Male erzählt wurde. Übertreibungen, Abweichungen, Hirngespinste sind da nicht ausgeschlossen. Gleichwohl steckt darin viel Potenzial. Empfinden Sie das auch so?« Ich war mir nicht sicher, ob

Loko wirklich eine Antwort von mir erwartete. Anscheinend nicht, den Loko holte bereits wieder Luft.
»Ich glaube, das Tragische an Perle Merle ist, dass er danach strebte, nicht er selbst zu sein. Anders sind seine wunderlichen Erlebnisse kaum einzuordnen.«
Nun folgte also der analytischen Teil der Geschichte. Aber dazu hatte ich mir auch den ein oder anderen Gedanken gemacht. »Da mögen Sie Recht haben. Mir ist auch aufgefallen, dass Perle Merle quasi von einem Abenteuer ins nächste geschlittert ist. Eine Lehre zog er nicht. Mögliche Zusammenhänge waren ihm gleich. Erst zum Ende hin, zumindest wenn es denn das Ende sein sollte, begann er zu resümieren. Leider entzieht es sich unserer Kenntnis, ob seine Erlebnisse ihn weitergebracht haben.« Meine Hypothese fiel auf fruchtbaren Boden. Loko kicherte wohlwollend. »Ja, so sehe ich das auch. Anfangs hat er überall reingeschnuppert, ohne sich Gedanken über mögliche Folgen zu machen. Das bekam ihm nicht.« Loko hielt abrupt inne. Seine Stirn kräuselte sich und er schien einen Moment lang nachzudenken. »Ich habe Ihnen etwas vorenthalten. Vielleicht ist es nur dummes Geschwätz, womöglich sind es lediglich Vermutungen oder gar Gerüchte. Aber ich möchte Ihnen dennoch kurz davon erzählen. Wer weiß ...« In mir keimte der Verdacht, Loko könnte seine nächsten Worte gezielt konstruiert haben. Immerhin hatte er sich schon mehrfach als ausgebuffter Taktiker erwiesen. Ein Schlitzohr, das meine Gedanken in eine bestimmte Richtung lenken wollte. »Es heißt«, begann er nun die vermeintlichen Vermutungen und Gerüchte vor mir auszubreiten, »Perle Merle hat sich seinem alten Freund Pesce zu erkennen gegeben. Mit dem Resultat, dass sie den Zirkus fortan gemeinsam führten – unter neuem Namen, versteht sich.« Loko verzog sein Gesicht unwillig. » Ausgerechnet Zirkus LOTTI ...! Sie werden mir sicher zustimmen, dass dieser Name überaus geschäftsschädigend ist. Auch wenn wir beide wissen, wer mit dieser Wahl geehrt werden sollte – immerhin hat Hündin Lotti die Geschicke maßgeblich ins

Rollen gebracht – aber das Publikum erwartet Sensationen. Wer würde mit so einem braven Zirkusnamen großartige Attraktionen, Spaß und Magie in Verbindung bringen?!« Da schau her, Loko konnte sich ja regelrecht in Rage reden. Dabei behielt er mich stets im Blick. Mehr noch, er schien nonverbal zu hinterfragen, ob ich die Botschaft verstanden hätte. Gelinde gesagt - nein. Überhaupt kam mir die Aufregung über die vermeintlich missglückte Namensgebung reichlich übertrieben vor. Erst viel später, als ich mir die Situation wieder einmal in Erinnerung rief, kam mir der Gedanke, dass Loko damit sagen wollte, man solle sich stets auf das Wesentliche im Leben konzentrieren. Aber um mir diese Weisheit unterzujubeln, hätte er nun wirklich nicht die Hintertür nehmen müssen. Verstehe einer diesen Loko.

Der Rest der Geschichte war dann mit wenigen Worten erzählt. Die Spur des Zirkus LOTTI hatte sich für längere Zeit verloren. Doch wie der Zufall es wollte, erfuhr Loko vor einigen Tagen, dass der Zirkus LOTTI nicht mehr existierte. Pesce war gestorben, woraufhin Perle Merle alles verkauft hatte, um als Straßenkünstler oder möglicherweise auch als Wahrsager durch die Lande zu ziehen, so sagte man sich zumindest. Ob mit oder ohne Lotti, war nicht bekannt.

»Nun, mein geduldiger Zuhörer«, Lokos Stimme nahm wieder diesen freundlich auffordernen Klang an, welcher mir noch von unserer ersten Begegnung in Erinnerung geblieben war. »Ich glaube, Sie müssen sich jetzt langsam auf dem Weg machen, damit Sie noch rechtzeitig Ihren Zug erreichen. Was mich betrifft, so habe ich ebenfalls einen Termin einzuhalten.« Unversehens stand Loko auf und reichte mir zum Abschied flüchtig die Hand. »Haben Sie eine gute Reise«, sagte er noch, bevor er, ohne ein weiteres Wort zu verlieren, mit zügigen Schritten davoneilte.

Mir gingen spontan zwei Gedanken durch den Kopf:

1. Irgendwie passten die hastigen Schritte nicht zum Bild des gebrechlichen Mannes, den Loko vorgab zu sein.
2. Leider hatte ich die Gelegenheit verpasst, Loko nochmals nach dem Sinn des kleinen Buches zu fragen. Wobei es wahrscheinlich sowieso nicht viel gebracht hätte.

Zurück blieb schließlich ein irritierendes Gefühl, welches sich vom Bauch aus über den ganzen Körper ausbreitete und nun von meinem Gehirn in weitere Vermutungen übersetzt wurde: Dabei schälte sich hauptsächlich ein Verdacht heraus. Im Grunde hatte er sich bereits inmitten der Perle Merle-Geschichte herauskristallisiert. Und nun, da ich Loko so überraschend leichtfüßig davoneilen sah, in seiner außergewöhnlichen, bunten Kleidung dazu sein etwas seltsames Auftreten, wurde der Verdacht beinahe zur Gewissheit: Loko könnte ohne Weiteres Perle Merle sein. Allein die Ungeheuerlichkeit dieses Gedankens ließ mich tief Luft holen. Es folgte ein langes Ausatmen, das durch mein herzliches Lachen unterbrochen wurde.

Im Zug

Dass ich gerne mit dem Zug fahre, hatte ich bereits erwähnt. Aber nicht, warum. Einsteigen, das Gepäck verstauen, Platz nehmen, aus dem Fenster schauen und die Gegend vorbeiziehen lassen, ganz ohne geistigen oder körperlichen Einsatz - das hatte schon was. Jedenfalls für mich. Nirgendwo sonst konnte ich derart gemütlich ein Nickerchen machen oder versonnen vor mich hin starren. Das gleichförmige Rattern der Zugräder, das dumpfe »Klackklackklack«, wenn der Zug über Weichen fuhr, bettete meine unentschlossenen Gedanken stets auf ein nachsichtiges Ruhekissen. Allerdings, was mir sonst normalerweise mühelos gelang, benötigte heute deutlich mehr Anlaufzeit. Die Erlebnisse der vorangegangenen Tage hatten einen wahren Gedankentsunamie entfesselt. Da war zum einen die surreale Geschichte um Perle Merle. Eine Geschichte, gespickt mit wunderlichen Episoden, denen ich mich auf sonderbare Weise stark verbunden fühlte. Allein um deren Sprachrohr, den hintersinnigen und überaus gewieften Loko, aufzudröseln, würde mein Gedankenkarussel die gesamte Zugfahrt benötigen. Was waren seine Motive? Wieso hatte er ausgerechnet mir diese Geschichte erzählt? Wer war er wirklich? Und dann dieses rätselhafte Buch. Seufzend zog ich es aus meiner Jackentasche. Überraschend vertraut fasste es sich an. In mir stieg die vage Hoffnung auf, es könnte mir mit dem Inhalt inzwischen ähnlich gehen. Vielleicht gab es ja endlich sowas wie eine Inhaltsangabe oder gar ein Impressum. Womöglich erschloss sich mir nun auch eine solide Geschichte, die mir mit kurzweiligen Episonen die Zugfahrt verkürzte, statt mich mit unzugänglichen Aufgaben zu malträtieren. Aber nichts dergleichen. Ich blätterte durch die Seiten, die mich zum Schluß mit der selben dubiosen Fragen konfrontierten:

- Fliege über's Haus
- Atme deinen Atem
- Lache mit der Zeit
- Welchen Klang hat dein Leben?

Plötzlich kam mir eine Idee. Sätze ohne Sinn, Nonsenssätze, sinnlose Paradoxien ... Wozu hatte man schließlich ein Handy mit Suchmaschine. Und tatsächlich, Google spuckte in rascher Abfolge etliche Ergebnisse aus. Einen explizieten Hinweis fand ich unter dem Begriff »Koans« . Koans, so stellte sich schnell heraus, thronen auf der Spitze eines riesigen Berges, der sich Zen -Buddhismus nannte. Von beiden Begriffen – Koan und Zen-Buddhismus – hatte ich entfernt schon mal etwas gehört. Zusammenfassend erfuhr ich über diese sogenannten Koans folgendes:

> »Der eigentliche Sinn der Koans, ihre wesentliche Funktion, erschließt sich nur intuitiv, ohne Worte. Für die meisten Koans werden alle verstandesmäßigen Lösungen des Koans als falsch angesehen. Koans wirken auf den Laien vollkommen paradox, unverständlich oder sinnlos. Es liegt am Zen-Schüler, ihre Bedeutung herauszukitzeln. Oft erkennt der Schüler nach einem langen anstrengenden Kampf, dass das Koan eigentlich vom Geist und von der Intuition verstanden werden soll.«

Tja, ehrlich gesagt, war ich nun ebenso schlau wie vorher. Wenn ich den Inhalt richtig interpretierte, so würde die Intuition und somit mein Unterbewusstsein schon alles richten. Na wunderbar! Da ich noch immer fernab einer plausiblen Lösung war, beschloss ich, die verbliebene Zeit für mein längst fälliges Nickerchen zu nutzen. Also steckte ich das Buch wieder in die Jackentasche, lehnte mich entspannt zurück und schloss die Augen. Meine flackrigen Gedanken hatten sich erfreulicherweise beruhigt, weshalb ich mich nur wenige Augenblicke später von den gleichförmigen Zuggeräuschen einlullen ließ und in einen tiefen Schlaf fiel. Weshalb ich aus dem Schlaf auftauchte, vermag ich nicht zu benennen, aber als ich die Augen blinzelnd wieder öffnete, sah ich, wie der Zug in den wohlbekannten Bahnhof meiner Heimatstadt einfuhr. Der Stadt, die ich am frühen Morgen des vorangegangenen Tages so lustlos verlassen hatte.

Zwei Briefe

Künstler & Eventagentur - ARTIST TO GO.
Personalabteilung -

Sehr geehrter Herr Rötelhuber,
ich möchte mich hiermit für das nette und überaus informative Gespräch und das mir entgegengebrachte Vertrauen bedanken. Nach reiflicher Überlegung möchte ich Ihnen mitteilen, dass ich Ihr Angebot für die Stelle als Controller in der »Künstler & Eventagentur - ARTIST TO GO« aus persönlichen Gründen leider nicht wahrnehmen kann.

Vielen Dank für Ihr Verständnis.

Mit freundlichen Grüßen –
Claudius Wachsbrenner

Bevor ich die Absage an die »Künstler & Eventagentur – ARTIST TO GO« abschicken würde, las ich sie noch einmal in aller Ruhe durch.

Ich hatte bereits einige Formulierungen verworfen, die meine Entscheidung plausibel machen sollten. Letztlich wurde mir bewusst, dass es hierfür einen zweiten Brief benötigte. Einen Brief, in dem ich meine Motive weiträumiger erklären konnte, ohne die lästigen Absagestandards berücksichtigen zu müssen. Und so begann ich ein zweites Mal:

Künstler & Eventagentur - ARTIST TO GO.
Personalabteilung –
Zu Händen Herr Rötelhuber – persönlich

Lieber Herr Rötelhuber,
Sie werden sicherlich verwundert sein, dass Sie einen weiteren Brief von mir erhalten. Ohne Frage, das wäre ich auch. Wer aus dem Fach kommt, weiß, in der »Künstler & Eventagentur - ARTIST TO GO« gibt es wichtigeres, als sich mit einer weiteren Absage zum gleichen Sachverhalt abzugeben. In dem Punkt möchte ich Sie beruhigen. Dieser zweite Brief ist vielmehr der Versuch, Ihnen meine »Wandlung« nahezubringen. Eine Metamorphose, welche sich in kürzester Zeit vollzogen hatte.

Vielleicht können Sie sich noch daran erinnern, wie ich nach unserem Gespräch beschwingt die Treppen hinunterging. Dafür verantwortlich war Ihr verlockendes Angebot, mich bei der »Künstler & Eventagentur - ARTIST TO GO« als Controller einzustellen. Ich war mir sicher, dass dieses Angebot vollkommen meinen Bedürfnissen entsprechen würde. Aber ich hatte mich getäuscht. Wie man sich immer täuscht, wenn man seine wahren Bedürfnisse nicht wahrnehmen möchte.
Ich kann mir Ihr ironisches Lächeln gerade lebhaft vorstellen und es ist, als höre ich Sie sagen: »Nun aber, Herr Claudius R. Wachsbrenner, wissen Sie nun um Ihre Bedürfnisse?!« Darauf würde ich gerne mit »JA« antworten, aber das entspäche nur der halben

Wahrheit. Zumindest weiß ich oder spüre ich, was mich nicht erfüllt, und dazu zählt leider auch mein Job als Controller. Ganz egal, ob bei Ihnen oder sonst wo auf dieser Welt. »Wie kommt nun dieser Sinneswandel?«, werden Sie jetzt gewiss nachhaken.

Nun, das Leben ist ebenso voller Überraschungen, wie es öde sein kann. Es kommt auf unsere Bereitschaft an, unsere »Antennen« auszufahren. Denn nur wenn sie auf Empfang sind, passiert etwas. Diese Metapher möchte ich Ihnen gerne näher erläutern. Am Tag unseres Gesprächs standen meine Antennen auf Empfang. Genauso wie meine Gedanken, die sonst eher zügellosen Kindern glichen und dezente Botschaften gern ignorierten. Diesmal schienen sie es sich anders überlegt zu haben. Nur so kann ich mir erklären, weshalb ich mich neben einen fremden älteren Herrn auf die Bank gesetzt habe, der mir dann eine wundersame Geschichte erzählte. Doch der Reihe nach.

Der erste Impuls, den meine Antennen an jenem Tag empfangen hatten, kam von Ihnen, Herr Rötelhuber. Vielleicht können Sie sich noch daran erinnern, dass Clown Charly aufgrund einer Erkrankung nicht auftreten konnte. Daraufhin fragten Sie mich, ob ich einspringen könne. Die Frage war natürlich nicht ernst gemeint, das ist mir bewusst. Trotzdem hat sie eine Saite in mir zum Schwingen gebracht, von deren Existenz ich nichts geahnt, geschweige denn gewusst habe. Erst später gab die Verkettung der der-

auffolgenden Ereignisse Sinn – das ziellose Umherschlendern, das Aufeinandertreffen mit dem älteren Herrn, dessen wunderliche Geschichte mein Leben umgekrempeln sollte. Wissen Sie, der Controller und ich, wir sind zwei konträre Wesen. Disziplin, Durchsetzungsvermögen, Überzeugungskraft, strategisches Denken - Eigenschaften, die ich für das eine mitbringe, mir bei dem anderen aber fehlen. Doch welche Rolle entspricht meinem wahren Wesen? Wer bin ich wirklich? Was schütte ich einfach zu, nur weil es mir Angst macht? Das waren die Fragen, die in mir schlummerten. Ja, schlummerten, denn ich hatte nie gewagt, sie zu wecken. Das war nur jemandem möglich, der meine wahre Leidenschaft zum Schwingen bringen konnte. Jemand, der meinen unschlüssig umherstreunenden und ängstlichen Gedanken den richtigen Weg wies. Einer, der ihnen beibrachte, dass Scheitern nur ein unsinniger und hinderlicher Begriff ist, der uns mit bleierner Schwere die Leichtigkeit nimmt. Ist es möglich, dass eine Geschichte die Fähigkeit besitzt, darüber hinauszuwachsen?

Wenn diese Geschichte ermutigt, Neugier und Entschlusskraft vermittelt, den Glauben an die groß-artigen Fähigkeiten weckt, die in einem schlummern, mit Begeisterung und Motivation dem inneren Kritiker Paroli bietet, dann vertraue ich dieser Geschichte.

Sie schmunzeln? Ich kann Sie verstehen. Hätte mir vor einigen Tagen jemand so eine Geschichte erzählt, ich hätte ähnlich reagiert. Jetzt glaube ich, dass es für jeden Menschen solch eine Geschichte gibt, die ihm hilft sein wahres Ich zu finden. Glauben Sie mir, ich weiß wovon ich rede, denn genau diese Geschichte hat mich gefunden. Lieber Herr Rötelhuber, es war mir eine Freude, Ihnen diesen Brief zu schreiben. Auch wenn einige meiner Gedanken vielleicht gewöhnungsbedüftig erscheinen, so glaube ich dennoch, dass sie Sie erreichen werden. Und wer weiß, vielleicht werde ich es eines Tages sein, den Sie anrufen, wenn Charly ausfällt.

Mit herzlichen Grüßen –
Ihr Claudius Wachsbrenner

Es war spät geworden. Morgen früh würde ich beide Briefe noch einmal lesen. Die Kuverts waren bereits frankiert. Es war gut, noch eine Nacht darüber zu schlafen. Träume haben ihre eigenen Botschaften, auch wenn wir uns weder an die Träume noch an die Botschaften erinnern, so prägen sie doch unser Handeln, von dem wir glauben, es beruhe auf unseren Entscheidungen.

Weite

Die Dämmerung war in ein kräftiges Morgenrot übergegangen, als die Kirchturmuhr fünfmal schlug. Obwohl es noch früh war, war es bereits ungewöhnlich warm. Mit Sicherheit würde es heute gewittern. Gut, dass ich so zeitig das Haus verlassen hatte. Mein Weg führte an der Bushaltestelle vorbei, die bereits in einer Stunde voller Menschen sein würde. Jetzt allerdings war die Bank, die nur wenige Sitzplätze bot, bis auf eine zerfledderte Tageszeitung, die dort ihr Dasein fristete, verwaist. Nicht mehr lange, denn ein Buch in handlicher Größe, das problemlos in eine Jackentasche passte, und einem schlichten grünen Einband, ohne Hinweis auf den Buchtitel, gesellte sich dazu. Wer wusste schon, in wessen Hände es als Nächstes fiel, doch womöglich würde der Inhalt diese Person ebenso überraschen wie mich.

- Fliege über's Haus
- Atme deinen Atem
- Lache mit der Zeit
- Welchen Klang hat dein Leben?

Eine Erklärung dieser kryptischen Aussagen blieb ich mir schuldig. Laut Koan-Definition wäre hierfür meine Intuition zuständig. Ganz spontan, sozusagen aus dem Bauch heraus, kommt dabei folgendes heraus:

»Fliege über's Haus« Damit könnte ein Perspektivwechsel gemeint sein. Mein zweites Ich auf Abstand und auf Beobachtungsposten.

»Atme deinen Atem« Biologisch gesehen, ergäbe das eine Kohlendioxid-Vergiftung. Also nehme ich an, mehr ICH selbst zu sein, ist gemeint.

»Lache mit der Zeit« Nun, jede Stunde, jeder Tag hat seinen Zustand. Die Umstände kommen uns mal entgegen und mal entfernen sie sich. Für mich lautet diese Botschaft, den Zustand annehmen, es akzeptieren. Sich weniger ärgern, dafür mehr freuen.

»Welchen Klang hat dein Leben?« Schwierig. Vielleicht ist mit der Frage weniger der Klang, als die damit verbundene Schwingung gemeint. In dem Fall hätte ich eine Erklärung: Alles ist Schwingung. Wenn mein Körper richtig schwingt, dann schwinge ich im Gleichklang mit mir und allem, was mich umgibt.

Aber nun ja, so dachte ich heute. Morgen könnten meine Überlegungen schon ganz anders ausfallen. *Lache mit der Zeit ...!*

Doch nun hieß es Lebewohl, geheimnisvolles Buch. Ich wusste, es würde seinen Leser finden. Nur wenige Meter von der Bank entfernt, überkam mich ein unbestimmtes Gefühl. Blitzschnell drehte ich mich um ... Blinder Alarm, das Buch lag noch genau dort, wo ich es abgelegt hatte. Allerdings war die Tageszeitung zu Boden gefegt worden.

Ein paar Schritte weiter erreichte ich mein Ziel. Dort stand der Briefkasten, in den ich den ersten Brief stecken wollte. Das Teil war ein wahres Ungetüm und wirkte komplett der Zeit entrückt. Dieser gelbe Blechkoloss würde meinem Brief das Fürchten lehren, dachte ich amüsiert. Recht schnell folgte jedoch die paradoxe Erkenntnis, dass Stellenabsagen wahrscheinlich mutig sein mussten. ›*So ein Nonsens!*‹ Ein Lachen bahnte sich den Weg und brach aus mir heraus, wie ein Dschinn, den man nach langer Zeit aus seiner Flasche befreit hatte. Gespenstisch und irgendwie fehl am Platz hallte es auf den leeren Straßen und an den Häuserwänden wider.

Wie von selbst fanden meine Schritte ihren Weg. Irgendwann wurde der Asphalt des Bürgersteig von uralten, runden Pflastersteinen abgelöst. Als wäre ich ferngesteuert, folgte ich einer Rechtsbiegung auf einen weitläufigen Platz, der ringsum von pitoresken, aufwendig restaurierten Gebäuden gesäumt wurde. Ein Bauwerk jedoch überragte alle anderen um ein Vielfaches. War Blickfang und Anziehungspunkt gleichermaßen: die Stephanskirche. Ihre Erhabenheit schien den gesamten Platz zu prägen, so dass man unwillkürlich seine Schritte dämpfte und tief durchatmete. Genau dorthin wollte ich.

Es war schon einige Zeit her, dass ich derart zielstrebig eine Kirche betreten hatte. Und auch diesmal überraschte mich wieder die harmonische Mischung aus Weite, Licht und Stille. Ich hatte diesen Ort bewusst gewählt, das Ziel lag so nah. Links, gleich hinter dem prachvollen Eingangsportal, führte der schmucklose Treppenaufgang hinauf in den Glockenturm. Um diese Zeit war der noch geschlossen. Ein Eisengitter versperrte den Zutritt. Doch wenn man ein Stück weiter um die Ecke bog, konnte man bei genauerem Hinsehen eine Klappe in der Holzvertäfelung ausmachen. Darunter verbarg sich ein kleiner Schacht, gerade groß genug, damit ein Mann auf allen vieren dort hineinkriechen konnte. Welchen Zweck der Zugang eigentlich hatte, blieb ein Rätsel. Mir bot er jetzt allerdings die Möglichkeit, das Eisentor zu umgehen und in das Innere des Treppenaufgangs zu gelangen.

268 Stufen galt es zu nehmen. Die Zahl konnte ich mir so gut merken, weil der 26. August mein Namenstag war. Ein gutes Omen, wie ich fand.

Man hatte harten Stein für die Stufen gewählt – sie sollten schließlich eine Ewigkeit halten. Trotzdem hatten im Laufe der Jahre viele Turmgänger mit ihren Schritten tiefe Kerben geschliffen. Oben angekommen, empfing mich der Glockenturm mit einer phänomenalen Aussicht. Ich konnte die gesamte Stadt überblicken, von jeder Seite aus. Kein Lüftchen regte sich, nur einige tiefhängende, dunkle Wolken ließen ein kommendes Unwetter erahnen.
Ich kniete mich auf den Boden und zog den zweiten Brief aus meiner Jackentasche. Wie lange hatte ich schon keine Papiertauben mehr gebastelt? Ewig. Die letzte hatte ich wohl auf dem Schulhof in die Lüfte geschickt. Vielleicht hätte ich mir vorher noch einmal die Falttechnik ins Gedächtnis rufen sollen. Was mir auf dem Schulhof oder im Klassenzimmer stets blindlings von der Hand gegangen war, gestaltete sich einige Dekaden später als knifflige Angelegenheit. Nach mehreren Fehlversuchen nahm meine Taube jedoch die gewünschte Gestalt an. Jetzt noch die Seitenflügel falten und das Hinterteil mit einer Faltkerbe versehen. Fertig. Ganz so, wie meine flotten Flieger aus der Schulzeit. Nur waren diese nicht mit einem Text bedruckt, sondern mit Tintenkrakeleien beschriftet gewesen. Es konnte losgehen. Feierlich stellte ich mich an die Brüstung, holte aus und entließ meine Taube schwungvoll mit ausgestrecktem Arm. In einer sanft abfallenden Flugbahn glitt sie mit leichtem Rechtsdrall hoch über die Häuser hinweg. Eine kurze, heftige Windböe kam auf. Eine zweite folgte. Dann noch eine und meine Brietaube verlor sich in den tiefhängenden, unheilverkündenen Wolken. Kurz darauf zerriss ein gleißendes Licht die Luft. Betäubender Lärm, dumpfes Rollen, tiefes Brummeln. Ein Gewitter. Für diese Jahreszeit nichts ungewöhnliches.

Perle Merle

Die Leere, das Glück und alles was dazu gehört.

Claudius Wachsbrenner, ein zielloser Hans-Guck-in-die-Luft, verliert sich gern in Tagträumen, ohne diesen Träumen jedoch jemals Taten folgen zu lassen – bis zu der schicksalhaften Begegnung mit einem rätselhaften Fremden, der ihm eine ungewöhnliche Geschichte erzählt. Sie handelt von Perle Merle, einem Zauberkünstler, der wegen seiner stümperhaften Performance stets nur belächelt wurde und sich nichts sehnlicher wünschte, als das Publikum zu bezaubern. Der Preis dafür war allerdings hoch: Eine sich stetig ausbreitende, innere Leere ergriff Besitz von Perle Merle.

Noch während Claudius den Worten des Fremden lauscht, werden ihm die Parallelen zu seinem eigenen Leben bewusst und er muss einigen unbequemen Wahrheiten ins Auge schauen. Er fasst einen Entschluss, der alles verändert.

Über den Autor

Glaube mir, die Liebe ist nicht unstet, nicht leichtfertig. Sie ist weise. Wenn uns Schmerz, Kummer oder Verlust heimsuchen, dann weicht sie nicht von unserer Seite. Dann bietet sie Zuflucht, verleiht Kraft und Zuversicht. Und noch etwas musst du wissen: Schmerz und Liebe sind seit ewiger Zeit Rivalen. Sie streiten um unsere Aufmerksamkeit, um unsere Zuwendung, ohne die sie nicht bestehen können. Doch wenn wir glauben, es gibt keinen Ausweg, alles ist verloren, dann wird es einzig die Liebe sein, die uns aus der Dunkelheit führt.

Peter Berliner – Referent, Autor und Spezialist für berufliche Kommunikation und Präsentation

Weitere Werke

"Der Wind und das Blatt"

Die Linde befindet sich in höchster Not und bittet in ihrer Verzweiflung den Wind um Hilfe. Dieser verlangt als Gegenleistung eines ihrer Blätter im Herbst zur Frau... So beginnt die Geschichte einer ungewöhnlichen Begegnung. Sie erzählt von Wünschen, Glaube und einer großen Sehnsucht. Sie beschreibt Leiden, Zweifel und Hoffnung zweier Suchender, die gegensätzlicher nicht sein können. Raufen Sie sich zusammen, um ihr großes gemeinsames Ziel zu finden – die Liebe?

ISBN: 978-3-938354-19-3

Printed in Poland
by Amazon Fulfillment
Poland Sp. z o.o., Wrocław

33264891R00111